在忘卻溫柔之前

やさしさを忘れぬうちに

川口俊和
Toshikazu Kawaguchi

丁世佳——譯

在忘卻溫柔之前　目次

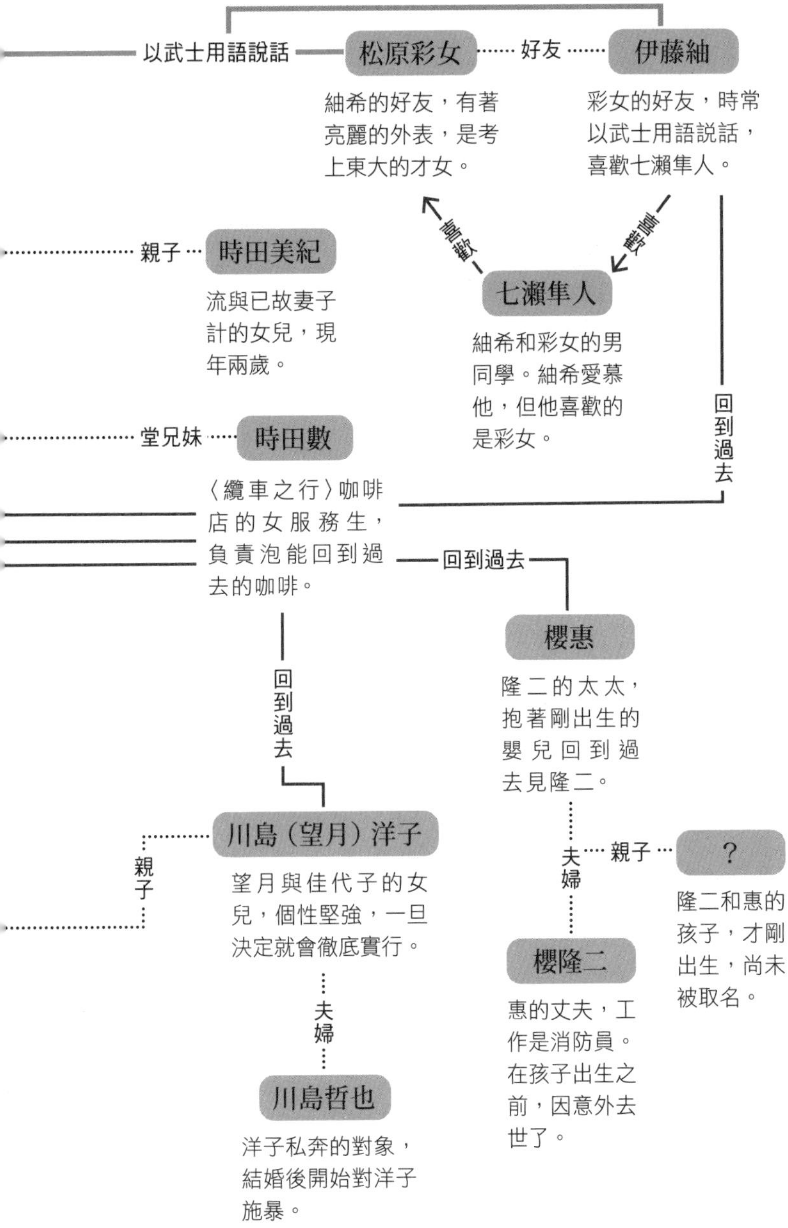
以武士用語說話
松原彩女
好友
伊藤紬
紬希的好友，有著亮麗的外表，是考上東大的才女。
彩女的好友，時常以武士用語說話，喜歡七瀨隼人。
喜歡
喜歡
親子
時田美紀
流與已故妻子計的女兒，現年兩歲。
七瀨隼人
紬希和彩女的男同學。紬希愛慕他，但他喜歡的是彩女。
回到過去
堂兄妹
時田數
〈纜車之行〉咖啡店的女服務生，負責泡能回到過去的咖啡。
回到過去
櫻惠
隆二的太太，抱著剛出生的嬰兒回到過去見隆二。
回到過去
川島（望月）洋子
親子
望月與佳代子的女兒，個性堅強，一旦決定就會徹底實行。
夫婦
親子
?
隆二和惠的孩子，才剛出生，尚未被取名。
櫻隆二
惠的丈夫，工作是消防員。在孩子出生之前，因意外去世了。
夫婦
川島哲也
洋子私奔的對象，結婚後開始對洋子施暴。

※人物相關圖

清川二美子

〈纜車之行〉的常客，模特兒等級的美人，為了跟戀人見面而回到過去。

（常客）

平井八繪子

〈纜車之行〉的常客，是寶藏旅館的老闆娘，曾為了見去世的妹妹而回到過去。

（常客）

時田計

流的太太，美紀得母親，因心臟病在生下美紀後就去世了。

（夫婦）

時田流

時田數的堂兄，也是〈纜車之行〉的老闆，身高將近兩公尺的壯漢。

桐山健二

勇氣的父親，為了告訴勇氣「離婚」這件事，在聖誕節時去了〈纜車之行〉。

（夫婦）

桐山葵

勇氣的母親，與丈夫時常失之交臂。在聖誕節時，與健二和勇氣一起去了〈纜車之行〉。

（親子）

桐山勇氣

七歲的小學生。十分後悔去年聖誕節在決定離婚的爸媽面前哭了，所以回到過去。

（回到過去）

望月文雄

佳代子的丈夫，洋子的父親。只要說實話就很難聽，反對洋子結婚，洋子因而私奔。

（夫婦）

望月佳代子

文雄的妻子，洋子的母親。十分信賴洋子，洋子私奔後仍時常私下見面。

序幕

某個城鎮裡，某家咖啡店的某個座位上，有著不可思議的都市傳說。

據說只要坐上那個座位，坐在那個位子上的期間，就能移動到任何你想回去的時間點。

只不過，囉唆的是……有著非常麻煩的規矩。

一、就算回到過去，也無法見到不曾來過這家咖啡店的人。
二、回到過去之後，無論如何努力，也不能改變現實。
三、神秘的座位有人，必須等到那個人離席時才能去坐。
四、即使回到過去，也不能離開座位行動。
五、回到過去的時間，只從咖啡倒進杯子裡開始，到咖啡冷卻時為止。

囉唆的規矩還不止這些。

聽說，這次又多了新的規矩………

即便如此，今天也還是有聽說了都市傳說而造訪這家咖啡店的客人。

咖啡店的名字，叫做〈纜車之行〉*。

聽說了這麼多的規矩，你還是想回到過去嗎？

這次不可思議的咖啡店裡，又發生了四個感人心脾的奇蹟。

要是能回到那一天，你想見到誰？

---

*注：フニクリフニクラ：Funiculì funiculà 著名義大利拿波里民謠。

第一話　去見離婚爸媽的少年的故事

能回到過去的咖啡店，位於東京都千代田區神田的神保町。離車站只有一點距離，在人煙稀少的窄巷裡，立著一個看板。店名叫做〈纜車之行〉。

名稱來自於義大利拿波里的民謠，據說是由經營登山纜車的公司出資製作的商業歌曲——噴著鮮紅的火焰，登上這座山吧！

這幾句歌詞大家應該都十分耳熟能詳。

在日本，孩子們會把歌詞換成「鬼的內褲」，然後開心地唱著。

能回到過去的咖啡店，為什麼要使用義大利民謠當店名，店主自己也不太清楚原因。

店主叫做時田流，是個身高超過兩公尺的大漢，經常穿著廚師服，一雙細長的黑眸，沉默寡言，站在那裡就像是羅漢一般。

流的妻子時田計，在店內擔任女服務生，是個天真爛漫，性格開朗不拘小節，臉上總是帶著笑容的女性。然而就在前年，她因為心臟病，生下女

兒美紀之後，就撒手離世。

美紀今年兩歲了，骨碌碌的大眼睛繼承自母親。

女服務生時田數是流的堂妹，有著一雙狹長的鳳眼，鼻梁挺直，嘴唇粉嫩。說漂亮是漂亮，但給人印象不深，把眼睛一閉上，就完全想不起來：「哎，她到底長什麼樣子？」看起來像是少女，也像是沈穩的成熟女性，沉靜少言，還有客人沒見過她開口，甚至有「簡直像是幽靈一樣沒有存在感」這樣的傳聞

只不過，能泡回到過去的咖啡，現在〔只有時田數一人〕。

雖然同姓時田，但流是男人，沒有辦法泡回到過去的咖啡。

這是時田家女性擁有的能力，代代血脈相傳。

「那麼，請替我泡咖啡吧！」

想進行時光旅行而來的客人，當知道數能泡回到過去的咖啡時，立刻就會這麼說。

只不過……如果要在這家咖啡店回到過去，有著很囉唆的、非常非常囉唆的規矩。

第一，〔有時間限制〕。

就算喝了數泡的咖啡，回到過去能停留的時間，只限於時田家的女兒數，從把咖啡倒進杯子裡開始，到杯裡的咖啡冷卻為止。

「哎，時間這麼短嗎？」

任何人都會感到如此驚訝。

在咖啡冷卻之前，能做什麼事呢？

以時間來說，頂多十分鐘吧！泡麵的話，用茶壺燒水五分鐘燒開，倒進滾水等麵泡開三分鐘，只剩下兩分鐘時間吃麵；出去聚會，點了菜十分鐘之內也沒辦法上菜。

「就算這樣，要是能回到過去的話……」

當然也有這麼表示，還是想回到過去的客人。

然而，當聽到接下來的規矩時，大部分的客人都會選擇放棄，

「那麼回到過去，就沒有意義了啊！」

那個規矩就是，〔回到過去無論如何努力，也無法改變現實〕。

人生的後悔大抵分為兩種：做了某事而後悔，以及沒做某事而後悔。

前者的後悔，像是無意之間出口傷人，或是告白之後十分難堪之類的，無法挽回的行動，或是因行動而導致的失敗後果。

後者則是，要是說了那句話就好了、要是告白了就好了；因為沒有採取行動，所造成的悔恨。

想回到過去的理由，多半都是想重來一次。然而，即使回到過去無論如何努力，也不能改變現實。

這樣的話，任誰都會思忖：那回到過去還有什麼意義呢？

而且回到過去的規矩，還不止這些……

為了回到過去，必須坐在咖啡店裡的某個座位上。若那個位子上有人，要等那個人離席去洗手間的時候，才能坐下。

就算運氣好坐上了那個位子，也不能離開座位行動。而且沒有來過這家咖啡店的人，就算回到過去也是見不到面。

聽到這麼多囉唆的規矩，總會有客人懷疑——

「其實根本不能回到過去吧？」

「或許真是這樣也未可知。」

這種時候，數就會淡然地回應，她不會去反駁對方。

到頭來要不要回到過去，都是來這家咖啡店的客人自由，其實沒有什麼好爭論的。

另一方面就是，數覺得解釋……真是麻煩！

桐山勇氣，七歲。

「我有事情想要請問。」

他背著光亮的黑皮書包，用不像是小學生的鄭重語氣說道。

桐山少年穿著名門私立小學的短袖制服，露出來的手臂像絲綢般白皙，挺拔的站姿看得出家教良好。

現在是六月下旬，蟬都還沒開始鳴叫，戶外卻已經熱得猶如盛夏。

桐山少年的表情十分冷靜，但臉上掛著汗珠，看著就是個惹人憐愛的小學生。

「什麼事呢？」

時田數停下手邊的工作，站在少年面前。她的態度無論是對大人還是小孩，都是一視同仁，沒有差別待遇。

「我聽說，來到這家咖啡店就能回到過去，是真的嗎？」

桐山少年並沒有擦拭流下的汗珠，只抬頭詢問數。

「你是小學生吧？是從哪裡聽說這種傳聞的呢？」

插嘴的是這家咖啡店的常客，清川二美子；她三年前曾經有過回到過去的經驗。

二美子完全把桐山少年當成小孩子對待，她的話聽起來就像是在探問：你該不會想說要回到過去吧？

以前從來沒有小學生來到這家咖啡店，說要回到過去。要是這樣，那這位就成了想回到過去的最年輕客人。

而且，要回到過去就得喝數泡的咖啡，二美子覺得小學生喝咖啡也太早了一點。

「之前還跟爸爸媽媽住在一起的時候，爺爺曾經講過這家咖啡店的故事給我聽。」

「哎？」

桐山少年的回答讓二美子臉色黯淡了下來，她抬頭望向數。

——難道他爸媽離婚了？

數不理會二美子無聲的詢問，表情絲毫沒有改變。

「是的，可以回去。」

她沉靜地回答。

個性不合，這是近年離婚理由的第一位。

第二位以下則是金錢、家暴、出軌等等問題，但那也有重複的部分。

個性不合並不是能具體地說出「就是這樣」的理由，而是夫婦共同生活的一切之中，有令人無論如何都無法接受的行動，或是說，因此產生了無法消除的不滿。

現在日本每千人就有約兩人離婚，跟以前相比，離婚的困難度降低了。

近年，搬家時會去跟左鄰右舍打招呼的家庭也變少了，都市的公寓大廈裡，很多人甚至不知道鄰居長什麼樣子。

隨著手機視訊和網際網路的普及，即便相隔甚遠，也能見面溝通。結果就演變成，不用跟居住範圍周遭發展人際關係也無所謂，進化成只構築核心家庭的原因之一。

現在甚至已經由核心進一步細分為，尊重「個體」的時代了。

個體家庭，家中無論是丈夫還是妻子，都以個體的身分生活。

人類的壓力大部分都來自人際關係，親子、手足、朋友、職場等等，而夫妻也不例外。

結了婚共同生活，在此之前個人和個人不同的生活習慣，重疊的時間就變多了。當然，互相接納為終生伴侶的結婚生活開始時，一定需要生活習慣的磨合。

夫妻之間只要有「愛」，磨合的過程可能也會覺得新鮮而幸福。問題在於，當愛情淡薄，個體的主張開始彰顯的時候。這樣一來，因為愛而能忍耐的一切，就變得再也沒辦法忍受下去。而這並不是因為金錢、暴力、出軌等一般常被批判的、顯而易見的理由。

朋友之間可以容忍的事情，變成戀人的關係就無法容忍；同居的話就無法容忍；結婚的話就無法容忍……這樣的事情很多。

個性不合。

這並沒有明確的原因，不知怎地就不合了。

沒辦法接受了，感覺不愉快了，但是也並不是討厭。

「如果不是夫妻的話，就能和平相處。」

要是能回到過去的關係，或許能消除弩張劍拔的狀況也不一定。

「想回到結婚前。」

離婚了就不再感受到壓力，也就不會討厭現在的家人。

「想重頭再來一次。」

於是選擇離婚。

當然，這只是單一的例子，並不是所有離婚的夫妻都是如此。

只不過，有個少年夾在一對夫妻的「個體」問題之間，左右為難。

少年桐山，後悔曾在這家咖啡店哭了。

那是去年聖誕節的早上——

「勇氣，想不想去迪士尼樂園？」

少年的父親健二突然建議道。

那時候，健二總是說工作很忙，難得回家。因此他這麼說，讓少年桐山十分困惑。

「你不用上班嗎？」

「怎麼啦？不想去嗎？」

「不是。」

少年望著坐在桌子另一端正在吃早餐吐司的母親，葵。

因為每次葵有什麼事情要跟健二商量，健二一定會說：「我工作很忙，家裡的事情妳決定就好。」

他總是聽到父親這麼回答，才會覺得應該跟母親商量，再決定要不要答應健二的邀請。

「很好啊！今天是聖誕節，不是嗎？」

「啊！嗯。」

少年很久沒有見到葵在健二面前露出笑容了。

「那我要去！」

他感到相當開心。

葵開車帶著一家三口前往迪士尼樂園，少年桐山坐在副駕駛座上。

從神保町的自宅前往迪士尼樂園，途經神田橋，上首都都心環狀高速公路，前往灣岸線羽田方向，用不著二十分鐘。

由於今天是聖誕節，葛西出口很堵。

「所以就說從浦安出口下嘛！」

「那你來開車不就好了？」

「是妳自己說要開的。」

「難道不是你說要在車上處理工作嗎？你現在這樣是什麼意思？」

一離開家，健二和葵就在車上爭辯起來。

不是只有今天，兩人從幾年前開始，就經常因為日常的瑣碎小事吵架。

導火線都是工作和育兒的價值觀差異。

葵在生產之後，想把少年桐山交給托兒所照顧，自己重回工作崗位。

「勇氣到三歲之前，是人格成型最重要的時期，我希望妳能專心在家帶孩子。」

健二卻如此主張。

「說得也是，那我就忍耐到勇氣三歲吧！」

當時的葵同意了健二的意見。

然而，葵說的話讓健二相當不滿。

——忍耐是什麼意思？好像我強迫妳似的，身為人母這麼做不是理所當然的嗎？

他忍著沒說出口。

葵並沒有惡意，她說的「忍耐」指的是不能回去做喜歡的工作。

——我也覺得養育勇氣比工作來得重要。

她心裡確實是這麼想的，但健二誤會了。

從那之後，只要有事情，健二就會說：「家裡的事由妳決定。」

健二的話言下之意就是

——帶孩子是當母親該做的事。

健二這種態度讓葵十分反感。

——為什麼非得要把帶孩子扔給我一個人？你只是拿工作當藉口，逃避帶小孩而已……但是這樣說的話，一定會吵起來。

葵也嚥下對健二的不滿，在少年桐山滿三歲之前一直忍耐著。

隨著每天帶孩子的壓力，漸漸也消磨了葵「想要工作」的心情。

「不回去工作嗎？」

「那你幫忙家事和帶孩子啊！」

「我怎麼可能有時間，我忙得連休假都沒辦法了。」

「要是我回去工作的話，不也一樣嗎？這樣的話誰來照顧勇氣？」

「送去托兒所不就得了。」

「說得容易。」

「什麼意思，一開始就說到勇氣滿三歲，不是嗎？」

「那是你說的吧？」

「妳也同意了啊！」

「所以呢？要我出去工作同時做家事？」

「妳明白情況才說想回去工作的，不是嗎？」

「那是三年前。我怎麼會知道帶孩子這麼辛苦，而且……」

「什麼？」

「我沒想到你對養小孩如此不關心。」

「不是不關心，我為了讓你們能生活無憂，才拼命工作。現在妳回去工作，也讓我輕鬆一點吧！」

「蛤？不要講得好像我這三年都在玩一樣。」

「帶孩子跟工作不一樣吧？」

「那你也來試試看啊，就知道有多辛苦了！」

「怎麼可能，我要上班吔！」

你一言我一語，也因為情緒激動，言詞本來的意義被扭曲了，無法正確地傳達。

少年桐山從懂事起，就知道爸媽成天都在鬥嘴，他反而成了兩人之間的和事佬。

在前往迪士尼的車上也一樣。

「要是我能開車就好了。對不起啊，媽媽！」

他插話進來說道。

少年桐山說的並非假話，他是打心底希望自己能替媽媽開車。

少年的心情葵十分瞭解，健二也覺得這麼孝順的孩子打著燈籠都找不到，感到十分自傲。

「沒，沒關係的，勇氣。是媽媽不好。難得今天要去迪士尼玩，大家要開開心心的，你也是。」

葵從後視鏡給健二使了個眼色。

「啊！嗯嗯，沒錯！」

健二好像想起什麼似的，迅速換了表情，蓋上打開的筆記本電腦。

「對不起啊，勇氣！爸爸今天不工作了。」

他在後座上對少年低下頭。

「嗯。」

少年桐山笑容滿面地回應。

抵達時已經晚了，車子只能停在離迪士尼樂園很遠的停車場。

為了入園，檢查隨身物品之後，得在售票口的長龍排隊。

這時距離出門已經過了兩個半小時了。

迪士尼樂園在週末和國定假期，以及聖誕節這些時候會有入場限制。就算入了場，要玩熱門的項目還要再等個幾小時。

以前曾經有「情侶一起去迪士尼樂園就會分手」這種都市傳說；有陰謀論說是，迪士尼樂園的競爭對手放出來的謠言。不過，無論玩什麼都要等很久，也是原因。

在實行預約等候卡*制度之前，等上超過一百分鐘都是稀鬆平常的事。若兩人都有年票的話，想玩的項目應該都不用等太久。要是不符合這種條件的情侶，等待的時間就會比意料中久，在這期間無話可說，甚至還有可能吵起來。

於是，「情侶一起去迪士尼樂園就會分手」的都市傳說就成形了。

不知道少年桐山有沒有聽說過這種都市傳說，但他想跟家人一起去迪士尼樂園是有理由的。

因為也有「去了迪士尼樂園就能幸福」的魔咒。

比方說，「和米奇、米妮握手，戀愛就能成功」，或是「去迪士尼樂園就能懷上孩子」。

這些魔咒同樣毫無根據，但大家都說迪士尼樂園是夢想的國度，對於追求幸福的人來說，更是最棒的咒語了。

獲得幸福的魔咒其中之一——在小小世界最後的拱門前許願，願望就能實現。

小小世界是遊客搭乘浮舟，環遊世界各國的遊樂設施。

少年桐山打算在那裡許願。

幸好健二和葵在車裡吵過嘴之後，儘管等待的時間相當長，兩人依然笑容滿面。

＊注：預約等候卡（Standby Pass），指不用收費的「排隊許可證」，發行預約等候卡的部分設施，將於特定時段僅供持卡遊客入場體驗。

他們只玩到了一個熱門項目，但能在小小世界通過最後的拱門時許願，少年桐山就感到很滿足了。

回程是健二開車，少年桐山在後座枕著葵的腿睡著了。

這是幾年來一家三口第一次一起休假，少年桐山一直都很興奮，玩到累得要命。

「勇氣，到了，快起來。」

被葵叫醒的勇氣，看見他們到了自家附近的咖啡店。

他們在神保町車站前停車，想找個地方吃晚飯。由於是聖誕節，每家店都人滿為患。

走了一會兒，在人比較少的巷子裡看見這家咖啡店的看板。健二進去確認，發現雖然是聖誕節，但現下店裡只有一個客人，而且可以點輕食，也有蛋糕。

少年桐山因為一家三口可以在一起過節而雀躍不已。

這家咖啡店本來只有兩人桌位，沈默寡言的女服務生時田數，替少年桐山加了一把椅子。

「歡迎光臨，要喝什麼飲料嗎？」

「我還要開車，所以請給我無酒精啤酒。我太太喝香檳，然後給這個孩子柳橙汁。」

「知道了。」

回答的是穿著廚師服的時田流，他是個身高超過兩公尺的大漢，懷裡抱著一個大眼睛骨碌碌轉動、大約兩歲的小女孩，名叫美紀。

由於流身材太過高大，縮在他胸口的美紀，看起來像是松鼠般的可愛小動物。

店裡也裝飾著聖誕樹，但並沒有播放聖誕歌曲，唯一聽得到的是美紀在廚房裡像念咒一般哼唱的「jingle bell」。

一般的客人可能會覺得沒有音樂的聖誕夜缺少了點什麼，不太對勁，不

過葵跟健二都不是很在意的樣子。

三個人吃著數靜靜送上來的食物，開心地回顧今天一整天在迪士尼樂園碰到的趣事。

店裡沒有其他的客人，只有最裡面的桌位坐著一個女人，雖然是冬天，她卻穿著白色的短袖洋裝。

簡直像是他們一家包場了一樣，對少年桐山而言，這應該是多年來第一次感受到幸福的時刻。

然而，在這家咖啡廳等待少年的，卻是悲哀的現實。

就在少年桐山吃第一口聖誕蛋糕時，健二開口了。

「勇氣。」

「什麼事？」

少年桐山半點「難道會有什麼聖誕節禮物嗎？」之類的期待都沒有。因

為對他來說，能夠像今天這樣，全家人一起去迪士尼樂園，吃好吃的東西和蛋糕，就是最棒的禮物了。

在小小世界最後的拱門那裡，他許的願望甚至不是普通小學生想要的遊戲或是玩具。

少年桐山覺得現在這一瞬間，就是最幸福的時刻。

咚——

店裡巨大的落地鐘為七點半報時，響了一聲。

葵朝少年桐山的小腦袋伸出手。

「好好聽著，勇氣，爸爸和媽媽要分開了。」

「哎？」

「今天是我們三個人一起過的最後一個夜晚了。」

葵和健二突然的告白，讓少年腦袋一片空白。

——最後的聖誕節……

少年桐山記得自己哭了。

健二手足無措，最後搞得葵也哭了起來。

就在此時，廚房裡傳來美紀在唱「jingle bell」的歌聲，少年桐山已經不記得是怎麼回到家的。

第二天早上起來，看見枕頭旁邊放著兩個禮物盒子，他一輩子也不會忘記，自己忍住啜泣聲偷偷在哭泣。

二美子聽著少年桐山的敘述，紅了眼眶。

「那個，」她開口道：「我不知道該說什麼，但你的心情我非常瞭解。雖然瞭解，只是要回到過去呢，其實有很多規矩的，是吧？」

二美子向一起聽著少年桐山講話的時田數求助，她應該是以為少年想回

到過去，阻止父母離婚吧！

二美子很熟悉這家咖啡店的殘酷規矩，也很明白那些規矩會打碎少年純粹的夢想。

——這個孩子要是知道了規矩，會不會再度哭出來呢？

二美子忖度著，眼角餘光覷見數站在少年桐山面前。

「回到過去無論如何努力，也不能改變令尊跟令堂分手的現實。」

她面色毫無波瀾地陳述規則。

——唉，這個孩子才七歲吔！就不能稍微和緩一點說明嗎？

然而，少年桐山聽了數的說明，並沒有動搖。

「我了解了，沒關係的。」

少年的眼神出乎大家意料地堅定。

「咦？啊？那你為什麼要回到過去呢？」

二美子探出身子，看著少年的臉。

「那天我不應該哭的。」

「這是怎麼回事？」

少年桐山回憶著繼續說下去……

從出遊迪士尼樂園那天開始，少年桐山便與母親一起住。

離婚要新年才成立，在那之前，他想跟葵住在一起。

有一天，葵說想讓少年桐山見一個人，就帶他去城裡的餐廳吃飯。

一位比健二年長，身材中等，看起來相當溫和的男士與他們一起共餐。

「勇氣，你好，我們第一次見面呢！」

這個大叔叫做西垣城，他脫下了外套，鄭重地朝站在葵旁邊的少年低頭致意，並自我介紹。

「您好，我是桐山勇氣，初次見面。」

少年也跟西垣一樣鄭重其事地回答。

西垣佩服地「喔」了一聲，用力點頭。

「好有禮貌啊！真厲害，未來可期！」

「謝謝您。」

打過招呼後，他們被領到餐廳的桌位，並順利地用了餐。

少年桐山聽著西垣講述在沖繩和宮古島釣到三十幾公斤的巨型竹莢魚，兩眼閃閃發光。

「下次我帶你一起去。」

「真的嗎？」

「嗯，我答應你。」

「好棒！」

少年桐山非常開心。

「其實啊，勇氣……」

在此之前一直沈默不語的葵，倏地開口了。

「媽媽正在跟西垣先生交往。」

西垣隨著葵的話挺直了腰桿。

少年桐山一時沒聽懂葵話中的含意，輪流望著他們倆。

「所以……」

少年桐山腦子裡第一個浮現的是父親健二的臉，他在腦中把站在葵旁邊的健二替換成西垣，然後說出由此得到的結論。

「你們要結婚了嗎？」

「對，而且我們希望你能跟我們一起住。」

少年桐山的腦中浮現，自己跟葵和西垣走進一棟房子裡，而健二自己一個人被拋在外面。

「那爸爸怎麼辦？」

「這個嘛……」

葵試著對少年桐山說明。

健二跟葵分手，很大的原因在於個性不合；除此之外，兩人各自都有其他喜歡的人也是理由之一。所以健二與葵開誠布公地懇談過之後，決定分手對兩個人都好。

只不過，健二跟葵都想跟少年桐山一起生活，因此決定先讓他跟新爸爸住一個月，再讓他決定是要跟健二住，還是跟葵住。

「嗯，我知道了。」

少年就這樣跟葵和西垣一起生活了一個月。

接下來有一天，健二帶著少年桐山見了一位陌生的女性。

那天是星期日，健二開著新車來接少年。

他們去了一家小蛋糕店，櫥櫃裡擺放著各式蛋糕。

健二說，他與做這些蛋糕的女士正在交往。

她的名字叫做木村楓，身材比葵嬌小，年紀跟健二一樣大，不過看起來猶如少女。

「跟勇氣走在一起，搞不好會被認為是姊弟呢！」

健二開玩笑地說道。

「誰說你不能哭的？你爸爸跟媽媽都只顧自己，並沒顧慮到你的心情，所以哭是理所當然的。你並沒有錯！為什麼你一定要後悔自己哭了呢？」

二美子聽完少年桐山的話，紅著眼眶大聲地說道。

「謝謝妳，姐姐。」

少年桐山看著流淚的二美子，輕輕地笑起來。

「我在迪士尼樂園許過願，希望爸爸跟媽媽都能幸福。」

「咦？」

「我跟西垣先生和楓小姐一起住過就明白了。」

「一起住過就明白了？明白了什麼？」

二美子皺起眉頭。

「媽媽跟西垣先生在一起時，每天臉上都有笑容。爸爸也一樣，跟楓小姐一起吃飯，就會開心地一直說好吃、好吃。因此我明白了，我在迪士尼樂園許的願望已經實現了。所以我想重新過那一天。既然爸爸跟媽媽都會幸福，那我不應該哭，應該要笑才對。」

「怎麼這樣，但是……」

二美子無法接受，臉都皺了起來，但沒繼續說下去，因為她並沒有權利否定少年桐山的決定。

「所以，拜託了，請讓我回到去年的聖誕節那一天，回到我不小心哭了

的那一天。」

少年說著，朝數低下頭請求道。

「我知道了。」

「數小姐？」

二美子朝立刻回答的數，錯愕地歪了歪頭。

「我沒有理由反對啦，但這太難受了吧！為什麼這麼小的孩子，要為大人的行為做到這個地步？我無論如何都不覺得讓這個孩子回到過去，就能讓他幸福。要是聽他現在說的話，他父母說不定……」

二美子望著少年桐山的眼睛，將沒有說出口的「會重新考慮要不要離婚」嚥了回去。

——我自己覺得這樣才是正確的，但並不是這個孩子的希望。

看著少年桐山真摯的眼神，二美子發現了自己的錯誤。

少年桐山不顧自己，只希望父母幸福。

只有正確的言論並非正解，這種事情世上很多。

二美子咬住嘴唇，後退了一兩步，然後無力地坐在櫃臺座位上。

咱噠！

就在此時，坐在能回到過去的座位上那個白衣女子，傳來闔上手中的書本的聲響，在安靜的店內迴盪。

「啊！」

二美子不由得叫出聲來。

——回到過去的條件都符合了，這樣就無法阻止他，也沒有理由阻止他。

二美子望著悄無聲息走過自己眼前的白衣女子。

「請坐在這裡。」

數引導少年桐山坐到能回到過去的位子上。

少年桐山坐下來，對二美子露出微笑，二美子忍住盈眶的熱淚。

——可能真的，真的是我多管閒事吧？不過，真希望他父母能看到他現在的樣子……

二美子帶著祈禱般的心情，兩手交握在胸前。

過了一會兒，數端著放著銀咖啡壺和白色咖啡杯的托盤，不疾不徐地從廚房那頭走了過來。

「規矩呢？」

「我覺得應該沒問題，但保險起見還是確認一下，可以嗎？」

二美子聽到少年桐山的話，「嗯、嗯」地用力點頭。

並不是懷疑，只是以防萬一。

「我知道了。」

數將解說過數十次、甚至可能數百次的回到過去的規矩，再度一一詳細說明。

「我知道了，沒問題的。」

少年桐山再次保證。

在聽到咖啡冷掉之前必須喝完的規矩之後，他認真地重複了三遍。

「在冷掉之前喝完、在冷掉之前喝完、在冷掉之前喝完。」

「可以了嗎？」

「是的。」

看來一切都準備就緒了，接下來，數會把咖啡倒進杯子裡，讓少年桐山回到過去。

「那麼……」

數伸手拿起銀咖啡壺。

「啊，等一下！」

二美子突然大叫出聲。

數並不驚慌，只見她拿著咖啡壺，望向二美子。

「數小姐，那個，把計時器放進去好嗎？」

二美子的手緊握了又鬆開。

這家咖啡店有回到過去時，在咖啡冷掉之前能發出警鈴的道具。

「一定沒問題的。」

數對著對二美子說完，轉向少年桐山。

「但是……」

二美子還沒來得及阻止。

「在咖啡冷掉之前。」

數輕聲說著，拿起銀咖啡壺，將咖啡倒進少年桐山面前的杯子裡。

斟滿的咖啡杯上冒出一縷熱氣，少年的身體轉眼間也變成了熱氣。

——為什麼？

二美子心中惴惴不安，望著已經變成熱氣被吸入天花板的少年，內心久

久無法釋懷。

我喜歡爸爸和媽媽的笑，特別是他們在一起時的笑容。看見他們的笑臉，我也會開心地笑起來。

爸爸跟媽媽一定不相信，但我清楚地記得出生後第一次睜開眼睛看到他們兩個。爸爸畏畏縮縮地看著我，媽媽親親我的面頰，然後把額頭抵在我頭上，記得媽媽聞起來好香。

我一開始會說的話，就是「馬麻」。我是想表示肚子餓了，不知怎地，每次說「馬麻」，媽媽就會非常高興。後來因為想看見她開心的臉，我就會一直叫「馬麻」。

但是，這樣只有媽媽高興，爸爸不知道為什麼帶著悲傷的表情，一直說

「把拔、把拔」。後來我才知道「馬麻」是叫媽媽，「把拔」是叫爸爸。

真的非常不好意思，對不起啊！

我有很多跟爸爸媽媽在一起的愉快回憶。

光是長出牙齒，兩個人就大肆慶祝。第一次學會走路時，他們高興得互相擁抱。爸爸媽媽笑起來，我也很開心。

還有，我想爸爸並不知道……

媽媽為了讓爸爸高興，非常努力地做飯。爸爸吃媽媽做的飯，說「好吃」的時候，媽媽的笑容非常好看。對媽媽來說，爸爸說「好吃」，就是她的幸福，這我知道。

媽媽也有不知道的事情……

爸爸工作到很晚回家的時候，都會親吻睡著的媽媽的額頭。看見我在看，爸爸就會說：「這是秘密喔！」

爸爸非常喜歡媽媽呢！

我是看電視才知道，〔在小小世界最後的拱門許願會實現〕。因此，我決定哪一天要是能去迪士尼樂園，一定要許願——爸爸和媽媽兩個人都要很幸福。

但是，爸爸的工作越來越忙；媽媽說因為有我，所以沒辦法去工作，而跟爸爸吵架。

「我可以自己一個人看家的。」

我跟媽媽如此保證了好多次，媽媽卻只是露出難過的表情。

我覺得那一定是因為我還是個小孩，我得好好振作起來。

為了能自己處理一切而努力，我想快點長大幫爸爸工作，讓媽媽不用擔心。這樣的話，他們一定可以跟以前一樣笑得很開心。

我是這麼想的。

然而，事實卻不是這樣。

不是只有這裡才是爸爸跟媽媽獲得幸福的地方。

爸爸跟媽媽也能在其他地方露出笑容。

太好了！我覺得真的太好了！

☕

「你什麼時候跑到那裡去了？」

健二驚訝的聲音讓少年桐山睜開眼睛。

「啊！這個……」

他記得去年聖誕節，他們一家人坐在店內中央的桌子，兩人桌位外加一把椅子。

背對他的健二對面坐著葵，她也帶著不可思議的眼神看著少年。

「啊，算了！蛋糕馬上要上了，回這裡坐好。」

健二不知怎地並沒有追究少年桐山突然瞬間移動換位子的事。

一般來說，這是不可能的吧！但這就是這家咖啡店不可思議的力量。

回到過去之後，無論如何努力，也不能改變現實。

跟這條規矩同樣的力量，在這家咖啡店裡運轉著，對那個位子上突然出現的人物，大家只會覺得「啊，算了！」因為要是計較這個那個，咖啡馬上就要冷掉了。

少年桐山也因此鬆了一口氣。

只不過，要他回去坐是不行的，規矩說他不能離開現在的座位。只要一離開，就會回到原來的時間線。

少年桐山沒想到會陷入眼下的窘境，他不知該如何回答，甚至沒辦法站起來。

就在此時，時田流從廚房走了出來。

「桌子有點小，蛋糕就放這裡吧？」

他建議道。

健二和葵交換了視線，然後看了看自己桌面。兩人座的桌位上放了三人份的食物，確實已經擺滿了，沒地方放蛋糕。儘管可以清理桌面再上蛋糕，但店主都說可以換桌子，那就方便多了。

健二和葵同意了流的提議，起身換了位子。

「多謝您。」

少年桐山對流道謝。

「不客氣。」

流柔聲應道，他對眼下的情況了然於胸，臉上的表情就像是在說：這是我該做的。

少年桐山的桌位也是兩人座，健二就把自己的椅子搬過來。葵坐在少年的對面，健二坐在他們中間。

葵一坐了下來，便注意到少年面前的咖啡。

「對了，這個可以端走嗎？」

她說著，朝咖啡伸出手。

「啊！這個，沒關係，這是我的。」

少年桐山急忙按住咖啡杯。

「你不能喝咖啡吧？」

「對啊，這是怎麼了？」

健二和葵疑惑地面面相覷。

「今天我要當大人不可，所以要喝咖啡。」

少年桐山對著起了疑心的兩人，急忙解釋道。

兩人聽到少年的話，彷彿心虛似地別開了視線。

「還是不要太勉強自己喝喔！不行的話，媽媽替你喝。」

葵一臉擔心地看著少年。

「可以的話，請用這個。」

時田數說著，在少年旁邊放了一個牛奶罐，裡面裝著牛奶。普通的咖啡加上糖跟奶就比較容易入口，只是這不是普通的咖啡。

少年擔憂地看著牛奶罐，內心忖度著：把牛奶加進去，咖啡就會立刻冷掉吧？

「不用擔心。不管加多少，都不會影響咖啡的溫度。」

數開口解釋道。

健二和葵聽到數的話，彷彿不太明白似地微微傾首。

「謝謝妳。」

少年桐山低頭跟數道謝。

就算是牛奶也一樣。比方說，把杯子放在酒精燈上，也沒辦法阻止咖啡降溫。就跟無論如何努力也無法改變現實一樣，不管如何給數泡的咖啡加熱，也無法改變溫度。

這也是咖啡店不可思議的力量。

「久等了。」

流端著聖誕蛋糕從廚房走出來。

少年桐山把牛奶倒進咖啡裡，加入砂糖。

蛋糕上放著用白巧克力寫著〈聖誕快樂〉的牌子。

去年聖誕節，少年桐山吃了一口切給他的蛋糕，店裡的落地鐘就響了，然後葵摸著少年的頭說：「好好聽著，勇氣。」

他還清晰地記得那時候葵手上的溫度。

——爸爸跟媽媽就算分手了，和西垣先生和楓小姐在一起，也能獲得幸福。所以我要笑著說：「我知道了。」然後把咖啡喝完。

桐山少年一面回想去年聖誕節自己哭出來的事，一面思索著。

葵切開了蛋糕，分給大家，他只要吃蛋糕就行。

沒想到，少年桐山沒辦法拿起叉子叉起蛋糕。

「咦？」

「怎麼啦？」

葵看著少年的臉，他的手一動也不動。

咚——咚——咚——

這時，店裡的落地鐘響了。

健二也訝異地看著少年的臉。

「勇氣？你為什麼哭了？」

「哎？」

「哎？」

少年桐山慌忙地放下叉子，摸了摸自己的臉。

臉上確實是溼的。

不，不只是濕的，簡直是淚流滿面。

「我沒有哭、我沒有哭……」

少年極力擦拭流下的淚水，卻完全止不住。

「你在難過什麼呀？」

葵用手指抹去少年的淚水問道，自己也不由得流下淚來。

健二困惑地盯著切好的蛋糕。

「哇啊啊啊啊啊啊啊啊──」

少年突然放聲大哭，哭聲在店內迴盪，比去年聖誕節時大聲多了。

廚房內傳來美紀唱〔jingle bell〕的歌聲。

「對不起、對不起……」

少年桐山反覆地說，接著一口氣喝光了咖啡。

「讓開！」

從洗手間回來的白衣女子的聲音，讓少年桐山回到現實，他慌忙站起來讓出位子。

「我又哭了。」

少年邊說邊繼續哭。

二美子溫柔地抱住他。

「沒關係，你不需要這麼努力的。爸爸跟媽媽分手了你很難過吧？想哭就盡量哭沒關係喔！」

少年桐山聞言，哭得更加大聲。

過去的葵和健二不知道有沒有在大哭的少年桐山面前提起離婚的事，或許看見哭泣的少年而手足無措，那天沒有說要分手也未可知。

即便如此，現實也不會改變。

不知道在哪個時機兩人會跟少年說了要分手。

這家咖啡店的規矩就是這樣。

在那之後，少年哭累睡著了。

「這孩子很體諒爸媽，真是個好孩子。」

來接少年桐山的是他的外祖父，名叫守田孝三。

葵是孝三的女兒，他自己一個人住在離咖啡店不遠的公寓，妻子兩年前去世了。少年桐山在決定要跟健二還是葵住之前，由外祖父照顧。

「這家咖啡店是我告訴他的。」

「這樣啊！」

數在櫃臺後回應。

「他才七歲，就替我女兒跟健二操碎了心。他一直後悔去年在這裡哭了。他實在太介意了，所以我就跟他說可以試試看回到過去……」

守田有點哀傷地看著少年桐山熟睡的臉。

「那個……」二美子站起來叫住走向門口的守田，問道：「他已經決定

要跟爸爸，還是媽媽住了嗎？」

「您想知道嗎？」

「想。他是個好孩子，一定會煩惱是要選擇爸爸還是媽媽。」

聽見二美子的話，守田壓了壓眼角。

「這孩子確實一直在煩惱這件事，我覺得他現在應該也還沒決定。我女兒知道這孩子的心情還是離婚了，我真的很想罵她。但是我要是罵了她，這孩子又會傷心，我實在不想再看見這孩子難過。」

守田吸了吸鼻子。

「他很會替爸媽操心，不過畢竟才七歲。他想回到過去笑著聽他們把話說完，最後卻哭著回來，但這樣也好。」

「我也這麼覺得。」

守田聽見二美子這麼說，露出一點笑意，點了點頭示意，然後轉身離開了咖啡店。

喀啦哐噹——

二美子送背著少年桐山的守田出去門口，回來後深深嘆了一口氣。

「怎麼啦？」

數很難得地在櫃臺後面主動開口問二美子。

數本來是盡量避免跟他人扯上關係的。

話雖如此，自從二美子在這家咖啡店回到過去後，已經過了三年。她只要有空，每天都會來這裡，可能算得上是少數與數比較親近的人。而這種微妙的心理距離的進展，二美子自己也沒察覺到。

二美子在櫃臺位子坐下。

「要是我有個那麼貼心的孩子，還在我面前哭了，我真不知道還能不能離得成婚呢……」

「是啊！」

「數小姐會怎麼做？分手還是不分手？」

「我啊……」數停頓了一下，抬眼望向白衣女子，輕聲地喃喃道：「我沒有資格獲得幸福。」

「哎？這是……」

喀啦哐噹——

二美子正想問數是什麼意思時，牛鈴響了。

流抱著美紀回來了，他身上背著採買食材的袋子。

「我們回來了。」

開口的是美紀。

「哎，那個，歡迎回來。」

二美子回道，眼睛卻看著數消失在廚房裡。

「二美子，不用上班嗎？」

美紀沒大沒小地開口問道。

「喂，別這樣！」

流的口吻強硬地警告。

「沒關係的，我已經習慣了。」

「對不起，這傢伙看了太多電視，真讓人頭痛！」

「人家才滅有，人家可是江戶小子。」

「她不知道意思吧？」

「公蝦米？」

「算了算了。」

「二美子，滾一邊涼快去。」

「夠了！」

兩個人一來一往，二美子哈哈地笑起來。

「抱歉！好了，麵包超人就要開始了，去裡面看電視吧！」

「二美子，再見啦！」

「好的，美紀，掰掰囉！」

「哈西呼黑喝——」

流放下美紀，她跑進裡面房間裡去了。

「真的對不起！」

「沒關係沒關係，她這麼活潑不是很好嗎？她的個性比流先生和數小姐都要開朗，我覺得真的很好。」

「是這樣嗎？」

「要是計小姐還活著……可能會更熱鬧呢！」

「的確。」

「已經兩年了，日子過得真快。」

「是啊！」

二美子跟流望向收銀機上擺設的照片，照片裡是滿面笑容的計。計是流的妻子，生下美紀之後就去世了。她眼睛大大的，是個天真爛漫，自由奔放，跟誰都處得來的開朗女性

二美子看著照片，回想起剛才數說的話。

——要是跟流先生說，只會讓他更加擔心吧？還是先假裝沒聽到可能比較好。

二美子彷彿說服自己一般兀自點頭。

「啊，對了！要是流先生的話，會怎麼辦？」

「什麼事？」

「假如，只是假如喔……要是得跟計小姐分手，跟美紀說了，美紀大哭起來，但是美紀希望流先生跟計小姐幸福，所以不說不想要你們分開，還笑了，卻仍舊繼續流著淚。這樣流先生還是要跟計小姐分手嗎？」

二美子很快地一口氣說完。

流雙臂交抱在胸前，靜靜聽二美子說話，左邊眉毛微微跳動。

「嗯——，完全聽不懂妳在說什麼。」

他困惑地把頭傾向一邊。

「咦——？我是說……」

「但是，就算我說要分手，她也會說不想分手的啦！這跟美紀哭不哭沒有關係。」

流的話讓二美子一下子認真起來。

「這是什麼意思？炫耀嗎？」

「炫耀？沒有啊！我只是實話實說而已。」

「分明就在炫耀啊！」

「不是啦！」

流的臉不由得臊紅了起來。

收銀機上的計仍舊愉快地笑著。

從計前往未來的那一天之後，第三個夏天開始了。

守田自己來到了咖啡店，當時二美子不在。

「那個孩子最後決定要跟我一起住。我覺得他不僅擔心我女兒跟健二，還掛念兩年前喪妻的我呢！」

守田對著在櫃臺後工作的數說道。

「真是貼心的孩子。」

「是啊！」

守田說完，額頭上的汗都還沒乾，便離開了咖啡店。

第二話　抱著無名嬰孩的女人的故事

TAIRANO ASON ODA KAZUSANOSUKE SABUROU NOBUNAGA*

猛然一看，很少會有人看出這些都是人名。

用漢字書寫就是——平 朝臣 織田 上總介 三郎 信長

這些咒語般的文字，是著名的戰國武將「織田信長」的全名。

分別是——氏・姓・名字・官名・字・諱。

戰國時期的名字非常麻煩。

成人之後有連諱（本名）一起稱呼的「幼名」，還有許多武將有不同的稱呼。

知名的武將如「木下藤吉郎」和「豐臣秀吉」這兩種不同的叫法，而秀吉的本名是「豐臣朝臣羽柴秀吉」。

時光流逝，現代只剩下名字和諱。名字是家族的名稱，諱則是本名，也

稱為「名諱」，是和當事人的人品相符，能夠支配人格的稱呼。

在信長活躍的戰國時代，能夠用本名的名諱稱呼那個人物的，只有父母與主君。

也就是說，電視上或小說裡，大家稱呼「信長大人」，只是為了讓視聽者更容易瞭解，事實上在當時是不可能這樣叫。

現在的日本，嬰兒出生後，依法要在十四天之內提交出生登記書。一旦起了名字，沒有正當的理由，不能隨便更改，一輩子都要用同一個名字。

這麼重要的名字，是不是得事先想好呢？

要是沒有想好的話，十四天的時間是不是有點不夠呢？

何況，應該一起想名字的丈夫竟然意外身亡的話，更是如此。

＊注：原文為「たいらのあそんおだかずさのすけさぶろうのぶなが」。

「我知道可以帶著這個孩子一起回到過去。」

櫻惠低頭看著嬰兒車裡熟睡的寶寶，喃喃道。

咖啡店裡除了惠以外，就是櫃臺後穿著白色廚師服的時田流，和坐在中央桌位的清川二美子。

「她想讓去世的先生給這孩子取名字，所以我就陪著她一起來了。」

坐在惠旁邊的高竹奈奈，補充道。

高竹是這家咖啡店的常客，是位護士，任職的綜合醫院在徒步可到的距離內。高竹也在三年前的夏天，回到過去見了因阿茲海默症失憶的丈夫。

惠住的地方離這家咖啡店很遠，她是在高竹工作的醫院產下女兒的。而丈夫櫻隆二，在她生產前捲入傷害致死事件亡故了。

「明天就必須提交出生登記，今天是最後的機會。」

有人用經歷車禍之後的受傷狀態來比喻生產過後的母體，其中受到最大傷害的是子宮。胎盤剝離後，子宮壁上會留下直徑三十公分左右的圓形傷痕，要回到懷孕前的健康狀態，需要六到八個星期的恢復期。雖然有個人差異，但也有必須服用止痛藥兩三週要不然無法動彈的例子。

惠算是順產，卻也陣痛了八小時。生下孩子之後，惠立刻說：「**想回到過去。**」不過，她的爸媽完全沒把這當一回事。

就在此時，曾經回到過去的高竹出現在惠面前。高竹把自己的經驗跟惠的雙親說了，要是惠真的想這麼做的話，自己可以陪伴她，就這樣獲得了許可。

惠仍處於不吃止痛藥坐不住的階段，但是她「**回到過去讓丈夫給孩子取名字**」的意志非常強烈。

惠很喜歡都市傳說，跟丈夫隆二一來過這家咖啡店好幾次，也很清楚回到過去的規矩。

因此，惠今天來到這家咖啡店，有件事是首要確認的。

「可以帶著孩子一起回到過去嗎？」回到過去的位子只有一個，就算坐在對面也沒辦法，通常會覺得只有一個人能回到過去。

惠想知道的是，若是抱著孩子坐下，那個位子上就不只有惠，懷抱中的孩子是否也包含在規矩當中？

惠真的非常希望先生隆二能看看自己的孩子一眼。

對於這個問題，流只說了一句——

「我覺得可以。」他停頓了一下，搔搔腦袋後又說道：「但是我並不確定，畢竟沒有先例。」

惠應該也猜到流會這樣說，她鎮定地點點頭。

這家咖啡店的規矩是——除非規矩明定，否則不適用。

然而，這是有漏洞可鑽的，比方說這次。

而且也沒有﹁只能有一個人回到過去﹂這種規矩。

也就是說，由於沒有人做過，對店主流來說，只能回答：「因為規矩沒有明定，所以應該可以。」

說不定就算不是抱著嬰兒，而是兩個大人各自半邊屁股擠在位子上，也能一起回到過去也說不定。只不過，沒有任何人曾經嘗試過，流也只能曖昧地回答。

聽到這裡，二美子開口了。

「但是，這樣真的沒關係嗎？如果我是妳先生，可能會開始懷疑自己是不是將要出什麼事……」

惠沒有立刻回答，只是低頭望著嬰兒車裡熟睡的孩子。

「比方說，自己一個人回到過去，問他要給即將出生的孩子取什麼名字，不要讓妳先生察覺自己不久人世就好了，不是嗎？」

二美子繼續說道。

二美子說的也有道理。從她先生隆二的立場來看，惠帶著孩子出現，並要求：「希望你給寶寶取名字。」那他一定會想：難道孩子出生的時候我不在，也就是說，我死了？而且他們夫妻倆都喜歡都市傳說，也知道這家咖啡店可以回到過去，那就更不用說了。

換言之，帶著孩子回到過去，等於是宣告了隆二的死亡。

惠和高竹互望了一眼。

「說得也是，這可能只是我的自我滿足而已。但是……」

「但是？」

「我想讓他看一眼這個孩子。能夠緊緊抱住她，就算一次也好。我先生一定也是這麼想的……」

惠說著，輕輕地撫摸在嬰兒車裡睡覺的寶寶的頭，寶寶好像感覺到惠的手指，閉著眼睛動了一下。

聽到惠的話，二美子為自己膚淺的質問感到不好意思。

「對不起。」

她小聲地歉疚道。

高竹走到低垂著頭的二美子面前。

「我跟她說過同樣的話，她也是這樣回答我，我也反省過了。這不是不合理，如果我是她的話，應該也會做出同樣的事。寶寶這麼可愛，要是可以的話，當然會想讓他見一面。」

「我明白，我必定也會做相同的事。」

高竹的安慰讓二美子用力點頭，她望著寶寶的臉。

「真可愛。」

睡在嬰兒車裡的寶寶開始嗚咽起來。

「啊！啊，對不起！」

二美子以為是自己把寶寶弄哭了，急忙抽身後退。

初為人母的惠也用眼神向高竹求助：現在我該怎麼辦？

「沒事的、沒事的。」

高竹熟練地代替惠把寶寶抱起來，「乖、乖」地哄著，然後用手摸了摸寶寶的屁屁。

「沒有噗噗。」

「對不起。」

惠一面道歉，一面露出幸好有高竹陪同，鬆了一口氣的表情。

嬰兒聲嘶力竭地大哭，臉都變紅了。

「肚子餓了吧？」

高竹對流使了一個眼色。

「泡牛奶吧？有奶粉跟奶瓶嗎？」

「哎？但是……」

流的話讓惠困惑地望向高竹。

「不用客氣，沒關係的。」

高竹代替惠回答。

「那，這個拜託了。」

惠說著，取出嬰兒車下方的布袋，裡面是高竹讓惠準備的奶粉跟奶瓶。

「不好意思，」

惠垂首說道。

「請等一下，馬上就好。」

流說著，轉身走進了廚房。

「真的不好意思。」

惠抱歉地望著流的背影。

高竹和二美子這樣的常客知道流是好心幫忙，但對惠來說，心中總不免擔憂著：讓店員幫忙泡牛奶真的好嗎？

「沒關係的，流先生很會泡牛奶的。」

二美子對惠保證地說道。

「這樣嗎？」惠應道。

——我擔心的並不是那個啊！

惠在心中不由得苦笑。

「要取什麼名字呢？」

櫻隆二詢問坐在副駕駛座的惠。

他們在豐玉天橋的十字路口等紅綠燈。

「才剛剛懷上，會不會太心急了呀？」

惠撫摸微微隆起的腹部，微笑道。

「男生的話叫信長吧！」

「你開什麼玩笑？」

「不覺得很帥嗎？」

「不行！要是生在是戰國時代的話我會贊成，但現在不行。取普通一點的名字啦！」

「這樣啊……那要叫什麼呢？」

「至少在知道性別以後再決定吧？」

「男女都取一個就好了啊！」

「我不喜歡那樣。」

「為什麼？」

「假設生的是男孩，那替女孩起的名字不就不能用了嗎？特別為了新生兒想的名字，不用的話，那個名字也太可憐了。」

紅燈變成綠燈，周圍的車子開始移動，隆二也踩下油門。

「說得也是，不愧是小惠，說得好。那就等孩子出生再想名字吧！」

隆二的聲音開朗了起來。

「不是，都說了等三個月就知道性別，那個時候再開始想名字啦！」

惠很習慣隆二極端地改變意見，那樣子就像小孩一樣，稚氣且毫無章法。惠很喜歡這樣的隆二，雖然他比惠大兩歲，惠甚至覺得他很可愛。

只要隆二覺得惠說得對，就會立刻撤回前言。他個性直爽，比起要面子，更喜歡開心愉快。當發現自己不對時會立刻道歉，要是覺得自己沒錯就一步也不退讓，簡直像是小孩直接進入大人的軀體一樣。

惠叫隆二「小大人」，就是像小孩一樣的大人。儘管是惠自己擅自顛倒意義的用語，她卻覺得很合適。

「我是說性別要等生下來才知道。出生之前不知道是男是女，這是寶寶給我們的驚喜。哇，想起來就好興奮喔！」

「好了好了！公公婆婆聽到會怎麼說？現在都是出生之前先問寶寶性別，然後考慮要送什麼賀禮不是嗎？」

「有什麼關係，就說不告訴他們就好了。」

「阿隆家裡或許可以這樣……」

——嗯，應該行得通，畢竟是養大這個人的爸媽，他們比阿隆更像「小大人」。

「我的爸媽那裡可行不通的。」

「為什麼？他們不喜歡驚喜嗎？」

「不是這樣的……」

惠頓了一下，好像想起什麼似的，表情黯淡了下來，聲音也變得低沈。

「是啊！我的爸媽討厭驚喜。與其說討厭，不如說有創傷。」

「創傷？」

「以前我姐姐生日的時候，他們假裝忘記買蛋糕，姐姐在知道這是要給她的驚喜之前，便突然離開了家，三天行蹤不明。從那以後，我家就禁止驚喜了……」

惠的話幾乎都是事實。其實姐姐只是假裝離家出走，馬上就回來了，這也讓為她準備驚喜的爸媽更加吃驚。

只不過，惠為了讓隆二接受，稍微說得誇張了一點。對普通的男人來說可能沒效果，但隆二是個「小大人」……

「這，這樣啊！那就不能搞驚喜了。」

隆二把惠的話當真了，他握著方向盤，垂頭喪氣了起來。

——小大人，真是好哄啊！

惠內心如此思忖著，臉上同樣露出失望的樣子。

他們把車開到市中心，在神保町十字路口前的左轉專用道等紅燈。

氣氛似乎有點沈重。

「那麼、那麼，就不要告訴我吧！也跟其他人說不要告訴我，只給我驚喜。這樣如何？」

隆二並沒有放棄驚喜，趁著車子停下來，轉頭雙眼發亮地看著惠。

——剛才一言不發，是在找時機說這句話吧……

惠內心暗笑。

正因為是「小大人」，要是不同意他這個提議的話，他會更加不開心。

——反正搞不好什麼時候就改變主意了。

惠裝出仔細考慮的樣子。

「嗯……也是可以啦！就跟我爸媽說，先不要告訴阿隆就好了。那就這樣決定吧！」

她回應了他的請求。

「太好了！」

隆二在駕駛座上手舞足蹈。

信號還是紅燈，要是不小心踩到油門可就糟了，惠真的嚇出一身冷汗。

「那麼就出生之後再想名字。」

「哎？」

「出生之後我們一起想，因為我不知道孩子是男生還是女生啊！」

「那就兩個都想不就好了？」

——話雖如此，我會事先知道性別的。

「疑？剛才妳不是說討厭這樣嗎？」

不知何時，惠跟隆二調轉了立場。

雖說是順勢而為，惠還是在內心暗忖道：糟了！

她皺了皺臉。

「我知道了，名字等生下來之後一起想吧！」

「太好了！」

惠輕輕嘆了口氣。

惠的爸媽從以前就非常期待「授名儀式」之類的傳統。這是她爸媽第一個可愛的孫子，聽說他們已經想了好幾個名字當候補了。

——即便如此，這畢竟是我們倆的孩子要用一輩子的名字啊！

惠決定要和隆二兩個人一起決定。

只是做夢也沒想到，隆二會有不在的那天……

☕

咚——咚——咚——

店裡的落地鐘報時下午三點。

流一面輕輕晃動奶瓶，一面走出廚房。

就在此時，在裡面的房間睡覺的美紀也走了出來。

美紀是流的女兒，今年春天滿兩歲了。她可能還沒全醒，正揉著眼睛。

「怎麼，醒了啊？」

「三點是點心時間。」

流恨恨地望了落地鐘一眼。

「真是個小機靈鬼。妳等一下，現在這邊優先。」

他嘆了口氣。

「謹遵台命。」

「妳從哪學到這麼說話的。」

美紀不理會流的抱怨，逕自坐在白衣女子對面的椅子上，等待著點心。

她背後的桌位是二美子，美紀跟她已經十分熟稔了，兩人正一來一往地說著沒有意義的話。

「二美子。」

「幹麼？」

「妳沒工作了嗎？」

「有工作。」

「怎麼又來這裡？」

「喜歡這裡。」

「要結婚嗎？」

「不是那種喜歡。」

「哪種喜歡？」

「喜歡的喜歡。」

「稀飯？」

「西以洗喝屋安歡。」

「歡樂街、街舞、舞蹈、倒霉。」

「接龍嗎？」

「霉！」

「霉？霉、霉、霉……」

二美子陷入思考。

她們倆人的對話讓流皺起眉頭，他將奶瓶遞給抱著嬰兒的高竹。

「不好意思。」

惠在高竹身邊垂頭說道。

「我把溫度稍微弄低了一點。」

「非常感謝您。」

新生兒喝的牛奶溫度，據說跟人體溫度差不多是最好的。

流是廚師，他用溫度計調整得比體溫稍微低一點，大約三十三、三十四度。流認為這是嬰兒最能安心入口的溫度，他替美紀泡牛奶時得到的經驗讓他確信這一點。

「喏——？美紀的點心呢？」

「美紀，接龍呢？」

「什麼接龍？」

美紀一臉不可思議地反問，二美子失望地垂下腦袋。

兩人的對話總是這樣，隨著美紀的心情任意發展。

高竹看著她們倆人笑出聲來。

流表情毫無波瀾地盯著她們，半晌後，他嘆了一口氣。

「好、好。」

流說完，默默地走回廚房。

「今天看什麼？」

美紀天真地站在椅子上，用小手想拿走白衣女子正在看的書。

「美，美紀，不可以！」

二美子慌忙地想要阻止她。

美紀的大眼睛骨碌碌地轉，歪著頭看向阻止她的二美子。

「不能碰這個人的書。」

美紀大大的雙眸眨了一眨，不明白二美子為什麼要這麼慌張。

「因為很很很很很危險的。」

之所以阻止美紀，不只是因為站在椅子上很危險，也很沒有禮貌。

二美子知道白衣女子是幽靈。

三年前，二美子想回到過去，試圖強迫白衣女子離開座位，結果被詛咒了。白衣女子被激怒，狠狠瞪著她的時候，她像是被無形的巨大空氣塊壓扁似地扒倒在地上，喘不過氣，也說不出話來。

那個時候是時田數救了她。

——絕對不能讓這種恐怖的事發生在小美紀身上！

二美子不想讓美紀被詛咒。

「把手放開，好嗎？」

美紀抓著那本書，面無表情地看著二美子，下一秒，她不顧二美子阻止，把書從白衣女子手上拿起來。

——要被詛咒了！

二美子閉上眼睛，在心裡尖叫。

然而，什麼都沒有發生。

「咦？」

店裡的燈光沒有像二美子當時被詛咒時那樣如燭火般搖曳，也沒有幽靈毛骨悚然的聲音。天花板上的吊扇靜靜地轉動，側耳還可以聽見落地鐘走動的聲音。

——為什麼？

最令人驚訝的是，看書被打斷的白衣女子表情完全沒改變，始終冷靜地喝著咖啡。

美紀看了看手上那本書的封面，把頭歪向一邊，兩歲的她還不認識字。

「妳在幹什麼？」

就在此時，流從廚房回來了。他手上拿著美紀的點心，瓶裝布丁。

美紀的大眼睛閃閃發光，二美子在她旁邊僵住了。

流瞥了二美子一眼。

「把書還給要小姐，然後不可以站在椅子上。」

他對美紀說完，將瓶裝布丁放在桌子上。

「謹遵台命。」

美紀把書還給了白衣女子，坐回椅子上，伸手拿瓶裝布丁。

布丁在流手上時看起來猶如保特瓶瓶蓋般大小，但換到美紀手上就像飯碗一樣大。

「那個……」

「什麼？」

「美紀剛剛為什麼沒有被詛咒？」二美子挨到流身邊，她的眼神十分認真。「是因為時田家的血統嗎？」

「跟那沒關係。」

「那是為什麼？」

「只有想回到過去的人才會被詛咒。」

「哎？」

「二美子被詛咒的時候，是想回到過去吧？」

「是的。」

「因此才會被詛咒。這傢伙剛才並沒有想回到過去。」

「所以沒有被詛咒？」

「就是這樣。」

二美子望著正在吃瓶裝布丁的美紀，臉色鎮定了下來。

「那要是現在我去拿書呢？」

「也不會被詛咒……」

流的話聲未落，二美子就伸手拿走了白衣女子手上的書，確實什麼事也沒發生。

「真的吔！」

二美子開心地蹦蹦跳跳。

白衣女子面無表情地望向空中。

「啊！但是二美子小姐已經回到過去一次，根本無所謂了。」

「咦？」

「因為不能再次回到過去，所以現在做什麼事都不會被詛咒。」

「這是怎麼回事？」

「咦？沒人說過嗎？回到過去只限一次。」

「沒聽說過。」

「只限一次。」

「只限一次？」

「只限一次。」

「騙人的吧？」

「真的喔！」

「我從來沒有聽過這條規定。」

「哦！這不是規定，是規矩。」

「規矩？那不是一樣的嗎？」

「不一樣。規定是要遵守的，要是不想遵守可以不遵守。但是規矩就是規矩，是沒辦法打破的。」

「也就是說……」

「二美子小姐沒辦法再度回到過去了。」

「未來呢？」

「當然也不能。」

「哦——」

二美子搖搖晃晃地後退，跌坐在原來的位子上，無力地低下頭。

不知何時，奶瓶幾乎已經空了。

惠卻只是茫然地看著高竹懷中的寶寶，完全沒注意到奶瓶空了。

——可能她跟高竹小姐說得對，帶這個孩子回到過去真的好嗎？

我自己去問名字就可以了吧？應該沒有人想知道自己就要死了。阿隆應該也一樣……但是……

人總是有迷惘的時候，無論做什麼決定，都不可能百分之百不迷惘。迷惘是自己心中的另一個自我。漫畫之類的常用天使和惡魔來表現，但兩方其實都是自己的心聲。

惠的心裡也有兩個自己在爭論著……

——阿隆一定沒問題的，說不定他還會稱讚妳這麼做。

——這只是妳任性的想像吧？帶孩子一起去，就等於是宣布他的死期不遠，是要怎麼蒙混過去？

——不用蒙混啊，直說就好！

——所以才說妳任性！不知道比較幸福。什麼都實話實說，並不是最好的方法。為什麼只考慮已經死掉的阿隆的心情，就無視還活在過去的阿隆的心情呢？

這是她生下孩子之後，心中反覆無數次的爭論。

——為什麼現在這麼遲疑呢……

惠糾結地閉上眼睛。

人心是會變的，不管是多堅固的決心，也可能因為一點點小事就產生迷惘。就算勉強壓抑心情，只要有了一絲徬徨，便很難擺脫。

現在的自己跟幾秒鐘前的想法完全不一樣，惠也不明白為什麼突然就開始感到茫然。

「妳還好嗎？」

流留意到惠不對勁。

惠聞言才驚覺寶寶已經把牛奶喝完了。

「啊！真是的……抱歉！非常感謝您。」

她對流低頭道謝。

寶寶在高竹懷裡滿足地閉上眼睛。

「要是我太太還活著，人在這裡的話……」

流停頓了一下，望向收銀機上的相片。

相片裡是流的妻子，時田計。

「哎？」

流突然說起自己的妻子，惠忍不住露出納悶的表情。

「……要是我太太的話，一定會說：『應該要去見他。』」

雖然知道她有所疑惑，流還是繼續說道。

「是啊！阿計一定會這麼說的。」

「這是怎麼回事？」

惠的問題讓流細長的眼睇得更細了。

「我十分不善於跟別人打交道，也盡量避免對別人的行動指手畫腳，然而我太太跟我完全相反。我覺得她若是看見現在的妳，一定會說：『妳應該去。』」

「為什麼？」

流聞言，對著照片伸出手；照片裡的計，圓滾滾的大眼閃閃發光，面帶溫柔的微笑。

「我太太也去過，未來。」

「咦？」

「我太太身體不好，醫生說生下這傢伙就撐不了多久。她想確定在沒有自己的未來，這傢伙是否能過得幸福。」

流視線另一端的「這傢伙」，是美紀。

「我當時是反對的，因為這傢伙也可能不在未來。不過，我太太還是去了。去未來，然後她笑著回來。」

「那個時候……」高竹陷入回憶地喃喃道：「要是沒有去未來，要是沒有在未來見到可愛的美紀；就算平安生下美紀，她可能也還是會一直心懷不安地哭泣吧？」

「是啊！」

流回想起自己試圖阻止要去未來的計，露出苦笑。現在的他覺得，還好她去了，真好。

「如果妳還猶豫不決的話，我想我太太一定會說：『妳應該去。』」

「她也這麼跟我說過。」

高竹聳了聳肩，微笑道。

「是啊！」

高竹的先生得了阿茲海默症，將她遺忘了，她為了拿到先生「沒機會給她」的信，而回到了過去。那個時候的高竹也很迷惘——寫給過去自己的信，現在的自己是否應該收下呢？

當時計卻說：「妳應該收下。」而這句話推了高竹一把。

「沒問題的。相信自己，也相信妳先生！人生啊，只有兩種選擇：行動，或是不行動。非選一種不可。所以我去了，計也去了。」

「我也是。」

二美子堅定地望著惠。

「要是不去的話，往後每次叫這孩子的名字時，妳一定會後悔自己為什麼沒去。因此，我覺得妳更應該要去，去讓他起名字。這個孩子的名字是妳先生取的，妳也可以抬頭挺胸地繼續活下去。」

高竹微笑著對著惠，柔聲道。

「我知道了。」

惠用力地點頭。

「是啊！不去的話，我一定會後悔。去了就老實跟他說，反正不可能瞞騙過去的。」

惠下定了決心，抬頭望向白衣女子的座位。

「我要去，我不猶豫了。」

「嗯。」

高竹滿意地笑了，流跟二美子交換了視線。

就在此時——

「我吃完了。」

美紀吃完瓶裝布丁，雙手合十地說道。

惠下定決心後，已經過了兩小時。

然而，要回到過去，就必須等待白衣女子起身上洗手間，只是不知道她何時才會去。

〈纜車之行〉的營業時間，是早上十點到晚上八點。

白衣女子不一定會在營業時間內去洗手間，有時候是半夜，也有一大早就去的。就算做了統計，也看不出她起身的規則性，完全無法預測。

想要回到過去，就只能等待。

咚——咚——咚——咚——咚——

落地鐘敲了五下，兩小時過去了。

除了惠之外，咖啡店已沒有其他客人。

在此期間，二美子趕回去上班；高竹接到警察聯絡，說得了阿茲海默症的先生在派出所，她說了句：「我馬上就回來。」便離開了店裡。流則帶著美紀出門買東西，只剩下時田數看店。

數靜靜地站在櫃臺後面，不主動開口說話。

惠坐在入口附近的桌位，前後推動嬰兒車。

高竹十分擔心她剛剛生產後的身體狀況，但惠並沒有露出疲態。剛出生的女兒啜泣過幾次，現在睡得很安穩。

——好想快點讓阿隆看到寶寶，讓他取名字。

惠的內心十分堅定，毫不遲疑。

咱噠！

就在此時，書本闔上的聲音在店內響起。

惠聽到聲音抬起頭，只見白衣女子緩緩地站了起來。

「啊！」

惠不由得叫出聲來。

——等了兩小時，她終於起身了。

她內心激動地吶喊著。

惠環視著店內，找尋不在場的高竹。

——她站起來了。

惠希望回到過去時，剛才跟流一起鼓勵她「應該回去」的高竹也能在場，只是她不覺得白衣女子會等她們回來。

惠望著白衣女子拿著闔起來的書，然後一聲不響地經過惠身邊，走進了洗手間。

惠望向櫃臺後的數。

「請。」

數依舊面無表情，靜靜地敦促惠去坐白衣女子空出來的位子。

「好。」

惠抱起在嬰兒車裡熟睡的寶寶，小心不吵醒她，慢慢走向那個座位。

——只要坐在這裡，就能見到阿隆了。

惠抱著女兒，緩緩地在椅子上坐下。

坐下的瞬間，身體好像被微冷的空氣包圍。從座位上環顧店內，首先看見的是三座落地鐘。惠看了一下手錶，顯示正確時間的只有中央這座。兩旁的落地鐘顯示的時間，完全都不一樣，指針也靜止不動。

——是壞掉了嗎？

惠疑惑的把頭微微傾向一邊。

「規矩您都清楚吧？」

數不知何時已站在她身旁，手上的托盤盛著閃亮的銀咖啡壺和咖啡杯。

「知，知道。」

數拿起托盤上純白的咖啡杯，慢慢地放在惠面前。

「我會替您倒咖啡，能回到過去的時間，只有杯子斟滿咖啡，到咖啡冷卻為止。這樣可以嗎？」

數用沒有抑揚頓挫、沉靜清澈的嗓音，淡然地說明。

「是的，我明白。」

——沒想到真的能回到過去。

惠看著空咖啡杯，以數難以察覺的程度輕輕地聳了一下肩膀。

「我想我堂兄已經說明過了，回到過去請不要放開寶寶。只要鬆手，寶寶就會自己回到現實。」

嚴格來說……

「只要身體一部分接觸到就可以。」

「我知道了。」

惠把面頰貼在寶寶頭上回答。

「那麼，」

數將銀咖啡壺舉到胸前。

「在咖啡冷掉之前。」

她輕聲說著，下一瞬間，店裡的空氣突然緊崩了起來。不是惠自己緊張，而是顯而易見的改變。

只見咖啡從銀色的咖啡壺注入杯中，當咖啡杯滿了之後，倏地一縷熱氣從杯中升起。

惠看著熱氣上升的瞬間，突然感覺天旋地轉，周圍的景色也開始扭曲搖晃，由上往下流動。

一時之間，惠不知道發生了什麼事，不由得驚慌起來。她看見自己跟懷

抱中的女兒一起變成熱氣，飄浮在空中。她用同樣變成熱氣的手緊緊抱住女兒，以防她墜落。

下一秒，惠的身體就像搭乘雲霄飛車一樣，快速地被天花板吸了進去。

☕

「我希望你換個工作。」

隆二是消防員，惠很擔心他的安危。

消防員不只是發生火災的時候出動，地震、颱風等自然災害的時候，也負責救人。

惠自從懷孕之後，只要在電視上看見天災的報導，就會跟隆二提起換工作的事。

「沒問題的，小惠想太多了啦！」

「但是……」

「當然不是沒有人殉職。去年十六萬職員，也只有七人死亡。」

「我知道，但是……」

「沒問題的。而且保護人命是消防員的工作，我願意為此獻出生命。我跟妳說過的，不是嗎？我從小就看過……」

「知道了，我知道了！」

惠抬頭望天，舉手投降。

她也不覺得隆二會殉職，只是擔心而已，而隆二也很清楚。

「安心吧！我不會死的。我怎麼會留下這個孩子就這樣死去呢？」

隆二說著，溫柔地撫摸惠隆起的腹部。

惠長嘆了一口氣。

隆二想當消防員，是因為小時候看了一部漫畫，主人翁是個消防員。其

中影響他最大的是，偶然看到的一句消防員台詞。

「為什麼您選擇這麼危險的工作呢？」

主人翁詢問從火災現場救出小孩的消防員。

「使用生命，所以才叫做使命，不是嗎？今天為了拯救這個孩子，就是我的使命。」

消防員如此回答。

隆二讀到這句台詞時，整個人就像是被雷擊中了一樣。

——太帥了！我也要當消防員，那是我的使命！

這個故事惠已經聽過幾十、幾百遍了。

儘管喊著希望他換工作，也只是表達擔心的一種打招呼方式而已。

然而諷刺的是，命運卻以其他的形式降臨。

生產之前，惠回到福島的娘家一趟。

惠的娘家現在還在使用黑色的老式電話。黑色的轉盤式電話，有人來電就會大聲響起。

叮鈴鈴鈴鈴——叮鈴鈴鈴鈴——

惠的娘家是老式的農家，在幾年前改建時還是茅草屋頂。

農家的房屋格局有種特徵，房間呈現田字形，是寬敞的平房。窗戶很少，家中略微陰暗，使用彎曲的木材當樑柱。有客廳、客房、臥室、工作室，幾乎全部都是泥土牆壁。

二〇一一年東日本大地震時，震壞了一部分，後來重建了。因為樑柱的木材還能使用，便再利用建成了半古農家風的住宅。

惠偶爾回娘家，家裡到處都保留著老房子的痕跡，新建的部分也讓人有「啊！回到老家了」的感覺。

生產之前，隆二的孩子氣常常惹毛她，所以她想回娘家待一陣子。

「哦——，好久沒有自己一個人住了。真是太好了！」

隆二不反對，他的感受完全跟惠相反。

惠知道他並沒有惡意，說好聽一點就是率真，但說難聽一點就是不會看眼色。如果她不是面臨第一次生產的巨大壓力，可能還會一笑置之，現下她真的沒辦法。

惠離開都市，和隆二拉開了距離，並在雙親和祖父母的呵護下過著平穩的日子。

直到有一天，黑色電話吵鬧地響了。

接起電話的是祖母，有些耳背的她，反覆詢問了好多次，最後惠看不下把電話接了過來。在旁邊的祖母聽到了片段內容，察覺事情不妙，站在惠背後擔心地等待著。

「怎麼會，我家的……」

惠的臉色漸漸變得慘白。

警察告訴她隆二在回家的電車上勸架，被激動的乘客拿美工刀切斷了頸動脈，然後失血過多而死。

惠不記得從放下電話筒後，到在太平間看見隆二之間的事情，也不知道自己是如何離開娘家，如何到警察局，更不記得爸媽有跟她一起來。

根據她母親的說法，惠冷靜地放下電話筒，也平靜地回答他們的問話。

一直到去了警察局的太平間之前，惠都以為是哪裡搞錯了。

沒多久惠便開始陣痛，當她痛哭出聲，已是在產房看見剛出生的女兒的那一刻。

惠睜開眼睛，隆二正坐在對面的桌位上。

「喔喔——」

隆二看著惠，雙眼發亮。

「怎，怎麼了？」

隆二看見惠突然出現，顯然很驚訝，反而不知所措的是惠。

——就算說自己是從未來來的，他應該也不會相信吧？

「剛剛小惠分明坐在我對面的，我眨個眼，一瞬間就到這裡來了。怎麼辦到的呀？」

——確實會很驚訝。不過，你看著我的樣子好像我是幽靈，但其實感到更驚訝的人，是我才對吧？

惠記得隆二躺在太平間的樣子，在葬禮上也在他的棺材裡放了花。這是毋庸置疑的事實，無法改變的過去。

然而，現在隆二就在她眼前，惠幾乎忍不住要尖叫起來。

「……所以，難道，小惠是從未來來的？」

「……是的。」

他們倆都喜歡都市傳說，來過這家據說可以回到過去的咖啡店好幾次，當然也很清楚規矩。

現在惠坐在能回到過去的位子上，隆二自然能想到這個惠來自未來，只是現在的隆二還沒能接受這個事實。

隆二茫然地在惠對面的位子上慢慢坐下。

「哎，沒有時間說明了。那個……」

惠不知道是該先跟隆二說他因意外身亡了，再提女兒的事，還是先提女兒再說死訊。她沒有辦法用言語清楚地表達。

當惠還在迷惘時，隆二已經望向她前面的咖啡杯。

「這個？這就是得在冷掉之前喝完的咖啡？」

「是的。」

隆二伸手撫摸咖啡杯，確定溫度。

「溫溫的，這咖啡是不是不太熱？這樣馬上就會冷掉了吧？」

「咦？」

惠聽隆二這麼說才嚇一大跳，連忙喝了一口咖啡。

「真的，溫溫的。」

惠錯愕地瞠大了眼眸。

要是隆二沒說，她會以為咖啡雖然不到燙傷的程度，應該也是熱的。

這樣的話，能在一起的時間比想像中短。

「七、八分鐘。不，可能還長一點？以體感來說，可能就兩三分鐘？」

人類的感覺十分曖昧，不愉快的時間總覺得特別長，快樂的時間則感到十分短暫。

惠看著正前方的落地鐘面，指針顯示五點十七分。

——這座落地鐘顯示二十五分的時候，再確認一下溫度吧！

惠這麼對自己說。

「我喝掉的話會怎麼樣？」

一直盯著咖啡杯的隆二，好奇地探問。

——他的想法就像個小孩子……，小大人隆二就是這樣啊！

看著不知道未來有怎樣的命運在等待自己的隆二，惠不知該如何是好。

「這個，我不能喝嗎？」

隆二轉向櫃臺後的數，問道。

「你怎麼問這種奇怪的問題啦！」

惠出聲制止隆二。

——簡直就像孩子一樣。

「沒關係的。」

數並沒有什麼特別的反應，只是冷靜地回答。

確實，規矩只說要在咖啡冷掉之前喝完，並沒有指定誰來喝。

「太棒了！」

隆二非常興奮。

「真是的。」

惠又好氣又好笑，又有點難過地嘆了口氣。

不管怎樣地你來我往，在喝完咖啡一切就結束了。

她別過臉不讓隆二看見，偷偷抹掉即將溢出眼眶的淚水。

「好可愛的寶寶啊！誰的孩子？」

隆二的注意力轉向惠懷中的孩子。

「當然是阿隆的孩子啊！」

「哎？騙人？真的？我的孩子？」

「當然囉！」

「喔喔，讓我看看。」

隆二站了起來，走到惠旁邊凝視寶寶的臉。

「女孩子？」

「嗯。」

「好可愛啊！眼睛跟小惠一模一樣呢！」

「是嗎？鼻子像阿隆。」

「真的嗎？」

「很像、很像。」

「這樣啊，很像啊！真開心。」

隆二說著，用手指輕輕觸摸寶寶的小鼻子。

惠看著幸福微笑的隆二，又想要落下淚來。

——為什麼就這樣死了呢？

惠知道想這些也沒用，但現下腦中就只有這個念頭。

「那個……」

「什麼？」

隆二乍然帶著難以形容的表情，打量惠的臉。

惠從沒見過他神情如此認真，她的心跳加快了。

——他果然發現了吧？這也是理所當然的，帶著女兒來見他本身就不自然了。對不起，其實應該我要親口說出來才對。

惠身體一僵，等著隆二接下來要說的話。

「我啊……等這孩子帶男朋友回家時，想揍那個小子一頓，可以嗎？」

「什麼？」

隆二的話完全出乎惠的意料，她屏住了呼吸。

「當，當然不可以啊！你也想太長遠了吧！」

「我相信我會在婚禮上大哭吔！絕對不要給我寫信什麼的。」

「就說你想得太遠了。」

「啊，不行了！光是想就要哭了。」

隆二後退了兩三步，轉身背對著惠。

「所以說……」

惠正要說他太誇張了，卻看到隆二肩膀抽動，他哭了。

——阿隆果然知道了。

隆二儘管十分孩子氣，腦筋卻很靈活。他從小就很會下將棋，在中小學生的將棋比賽稱得上無敵。當了消防員之後，偶爾也會去專業棋士指導的將棋教室，跟人對弈。

既然惠帶著剛出生的嬰兒到這家咖啡店來見他，那一定是身為消防員的自己出了什麼事。

「對不起。」

「為什麼要道歉呢？」

「應該要由我親口說出來的。」

——但我太害怕了。

「結果是阿隆自己發覺了。」

——我甚至私心這麼希望。

「是不是我抱著孩子出現的時候就知道了？」

「……嗯。」

「這樣啊！果然如此……」

「因為妳突然出現，我一時之間有些慌。怎麼說……接受現實花了一點時間。對不起啊！」

「為什麼阿隆要道歉？錯的是我吧？」

「妳沒有錯、妳沒有錯，因為……」隆二說著，慢慢走向惠的座位，朝著寶寶伸出手。「我能夠看見這個孩子……」

惠聞言，淚水浸溼了雙頰。

「我一直在想……」

隆二的指節從寶寶的頭頂移到軟嫩的面頰。

「要是男孩子的話，一定要讓他學柔道或是空手道，我希望他成為能夠保護女生的男孩子。笨一點也沒關係，只要知道事情的輕重緩急，是個溫柔的男人就好。」

「嗯。」

惠抬頭看著隆二的臉，輕輕地點頭附和。

「要是女孩子的話，不管多調皮我一定都會原諒她吧？我會變成寵女兒的老爸。她想要什麼，我可能都會背著小惠偷偷買給她，想去哪裡也都會帶她去。」

眼眶通紅的隆二，臉上滿是笑容。

「但那也只有在小時候吧！等她長大成為少女，帶著男朋友回來，我一定會不高興，這孩子必定會嫌棄我。我會說那傢伙不行，然後我們就會吵架；她會說爸爸最討厭了，接著好幾天都避不見面。她會不理我嗎？我能忍得住嗎？以我的性格應該沒辦法吧！我會去問她為什麼不理我，她就會更討厭我了。真是沒辦法啊！」

「嗯。」

「但是，婚禮上她會讀信什麼的，最後會說謝謝你們生下我，我當爸爸

的女兒太幸福了……」

隆二再度摸寶寶的頭，嬰兒的頭髮像絨毛一樣柔軟。

「阿隆……」

「對不起，我哭了！小惠妳也很難受吧？」

「沒有，該說對不起的是我，我分明知道的。對不起！但我無論如何都想讓阿隆見一面。」

「我知道。」

「真的對不起。」

「我知道。」

隆二撫摸寶寶腦袋的手，轉而拭去惠面頰上的淚水。

「阿隆。」

惠抬起頭，看向中央的落地鐘，驚訝地發現剛才指著五點十七分的指針，完全沒有移動。

這家咖啡店的落地鐘，在回到過去的惠看來，中間的鐘是不會動的。店裡的三座落地鐘，只有最靠近入口的那一座會動。

在現實世界裡，中間那座顯示著正確時間，但在過去只有左邊的會動。惠剛才用了不會動的時鐘在計時。

「哎？」

惠慌忙用手摸咖啡杯，杯子比剛才更涼了。

「時間？」

知道規矩的隆二也發現惠的時間不多。

「名字。」

「什麼？」

「這個孩子的名字……我想讓阿隆取。我會跟她說，妳的名字是爸爸幫妳取的。拜託了！」

「優。」

「咦？」

「優，意思是『溫柔』的優。」

隆二立刻回答。

「ＹＵＵ？」

「我一直都在想。我不是說不想知道孩子的性別嗎？但我實在忍不住，就一直思考怎樣的名字男女都能通用。然後我想到了漢字的『優』，要是男生就讀做『YUTAKA』，女生的話就讀成『YUU』。」

「優。」

「當然也是希望我打她男朋友時，她能溫柔地原諒我啦！」

「……笨蛋。」

「拜託妳了。」

「……我知道了。」

即便知道願望無法實現，隆二還是將自己的心意附在名字上，惠也接納

了他的想法。

「過來。」

惠示意要隆二抱一下優。

「哎？」

「只要我還碰到優的身體就沒問題。」

「真的嗎？」

隆二望向站在櫃臺後面的時田數。

數並沒有回答，只默默地點頭。

惠握著優的小手，隆二把自己的孩子抱了起來。

「優。」

隆二喚著她的名字，大顆的淚珠從面頰上滾落。

「優、優……」

他不斷地叫著。

「啊啊，我為什麼死了呢？留下這麼可愛的孩子。老天爺，求求你別殺了我，我不求能活到她結婚，至少到我能揍她的男朋友。不不，到這孩子上幼稚園。不，讓我看到她出生就夠了。求求祢，求求祢了！」

隆二用被淚水沾濕的面頰貼著優的面頰。

「阿隆……」

惠的手透過優的小身體，感受到隆二「不想離開」的心情。

然而很奇妙的是，被隆二緊緊抱著的優，不僅沒有哭鬧，她的小手還摸了摸隆二的面頰，簡直像是在替他拭淚一樣。

「啊啊……」

隆二握住那隻小手，肩膀劇烈振動。

「不行。」

隆二小聲地克制自己，用力閉上眼睛，把優從自己身體剝離一般，壓回惠的胸前。

「隆……」

惠屏住氣息看著隆二，他臉上都是淚水，滿面通紅，猙獰的神情是惠從未見過的。

——結果我還是讓阿隆這麼痛苦。

「對，對不……」

惠想對隆二道歉。

就在這時，隆二突然拿起咖啡杯，惠根本來不及阻止，他就把咖啡一口氣喝光。

喀噹！

隆二把空杯子放回盤子上，力道大得好像要把咖啡杯給震碎。

「哎？」

巨大的聲音把優也嚇到了，她開始抽泣，不過惠更在意隆二的行動。

「阿隆……」

隆二的肩膀隨著呼吸上下聳動，他退後了兩三步，靠在背後的櫃臺上，全身乏力，剛剛還通紅的臉一下子慘白起來。

「……為什麼？」

「我覺得太殘酷了。」

「哎？」

隆二的話讓惠覺得心臟都要停了。

——果然不應該來的。

「我，帶著這個孩子來，果然還是……」

惠顫抖地說道。

——他生氣了吧？

她想問，卻說不出口。

「不是的。」

隆二回答。

「哎？」

「在這種情況下要把咖啡喝完，對小惠太殘酷了。」

「怎麼這樣……你是為了我？」

「當然。」

惠抬起頭，隆二露出雪白的牙齒微笑。

——為了我……

「阿隆……」

惠的視線開始模糊，不是因為眼淚，而是跟回到過去時一樣，世界開始扭曲晃動，身體漸漸變輕，飄向空中。

「阿隆！」

惠這個時候才發現，自己的想法和行動，總是仰仗著隆二溫柔的包容。

隆二本人一定沒有自覺，但被惠稱之為「小大人」的行為背後，是隆二迴避兩人之間可能爆發的意見衝突和爭吵的溫柔之舉也說不定。

惠一出現，隆二便突然問道：「這杯咖啡我喝了會怎麼樣啊？」那個時候的惠也覺得：真是孩子氣啊！她感到既好氣又好笑，不知如何是好。

然而隆二之所以這麼說，是因為已經預料到事情會發展到這個地步，所以先確認「誰喝都可以」也說不定。這是隆二無意識的舉動，就像是直覺一樣的反應。

要是沒把咖啡喝完，惠變成幽靈的話，最傷心的就會是隆二。「我沒辦法留下哭泣的阿隆，把咖啡喝完。」儘管惠都知道，但還是沒辦法把眼前的咖啡喝光。

隆二非常瞭解惠的個性。

——我總是這樣被溫柔的阿隆保護著。

惠不知道該怎麼表達自己的心情，而已沒有時間了，不過她覺得一定得說點什麼……

「阿隆！」

「嗯？」

包括隆二在內，周圍景色開始從上到下流竄，惠的身體完全變成了熱氣。隆二已經看不見惠了，卻還聽得到她的聲音。

惠不知道最後該跟隆二說些什麼，腦子裡一片混亂。

──「我愛你」、「能遇見你太幸運了」、「我很幸福」……這些話根本不夠！這就是最後了，以後再也見不到了！

變成熱氣的惠開始慢慢上升。

──我從來沒想過你會不在，實在太突然了，到現在我還不願意相信。不能相信，你分明就在眼前，但回到現實卻再也見不到面。啊，你不在真的好寂寞！好寂寞啊！我不要你死，不要丟下我一個人！好難過，太難過了，阿隆不在我太難過了！我自己一個人能好好把優扶養成人嗎？我真的好不安啊！拜託了，請不要拋下我死去……

思緒滿心，卻不知該如何出口。就在意識逐漸模糊時，惠朝隆二伸出變成熱氣的手，但身體已經被吸上去。不管怎麼抵抗，都要分離了。

隆二抬頭望著變成熱氣的惠，眼中滿是淚水。

這時，惠突然醒悟了。

——對了，阿隆自己也不想死啊！他一定也擔心我和這個孩子的未來，感到不安。要是我說要他別死，阿隆一定也很難受，很悲傷吧？無論如何努力，阿隆死亡的現實也無法改變；至少，至少現在，最後分離的時候，不要讓阿隆感到不安。讓溫柔的阿隆，能安心一瞬間也好。

「如果優帶了不像樣的男人回來，我會代替阿隆揍他的。」

她努力開朗地大聲喊道。

惠看見隆二猛然睜大了眼睛，下一秒便失去了意識。

一切恢復了平靜，彷彿什麼都沒有發生過。

「哈哈哈——」隆二帶著眼淚大笑了起來，片刻後，輕聲說道：「那就拜託妳了。」

「什麼？拜託什麼？」

隆二背後的聲音讓他轉過身，坐在桌邊的惠對著化妝鏡補口紅。從未來過來的惠所坐的位子上，不知何時已經變成了白衣女子。

「咦？」

環視店內，剛剛還抱著小嬰兒，在隆二面前大哭的惠已經不見蹤影。只有一面抿著嘴唇讓口紅勻開，一面把頭微微傾向一邊的惠，優也不在了。

隆二緩緩閉上眼睛，想把剛剛的經歷留在記憶裡。

——啊啊……

懷抱中還殘留著自己孩子的體溫，他的眼睛再度泛起淚水。

「喏，到底怎麼啦？」

惠在他背後看著鏡子，皺起眉頭。

「嗯？啊，沒事！」

隆二深深呼吸了幾下，偷偷拭去淚水，不讓惠發現。

「我想試一次被這個人詛咒的滋味。」

他望向坐在位子上的白衣女子，喃喃道。

「不要這樣好嗎？為了好玩就想試試看，跟孩子一樣吔！跟你說過多少次了。」

「有什麼關係？」

「不行！」

惠啪嗒一聲把化妝鏡闔上，放回包包裡。

「回家吧！時間不早了。」

她說著，站了起來。

「啊！那我也去上個洗手間。」

隆二不讓惠看見自己的臉，很快走向洗手間。

「咦，你不是剛剛才去過嗎？」

「剛才是小的，現在是……」

「不用解釋了！」

惠笑著看中間的落地鐘——時間是五點十八分。

不知何時，入口旁邊的落地鐘停止了，中間的落地鐘再度開始走動。

☕

惠一睜開眼睛，就見到白衣女子站在她面前。

「哇！」

她不由得驚呼出聲。

「讓開。」

白衣女子不為所動，漠然地沉聲道。

「好，好。」

惠抱著女兒，急忙讓出位子。

白衣女子靜靜坐下，沒有發出一點聲音。

惠依序看著店裡的三座落地鐘。中間的落地鐘顯示九點多一點，靠近入口的落地鐘則是惠回到過去時看到的五點十七分。她不記得回到過去之前，這座鐘是不是也顯示這個時間。

「那個……」

惠帶著不可思議的心情，看著從廚房出來的數。

「有什麼事嗎？」

數連眼皮也沒抬，收拾了隆二喝過的咖啡杯，給白衣女子端上新咖啡。

「我剛才的經歷……不是做夢吧？」

惠抹去臉上的淚痕問道。

「難以置信嗎？」

「不，我願意相信。」

「那麼，就算您見到的是夢境，那也是您人生的一部份，不是嗎？」

數沉靜清晰的嗓音，直擊惠的內心。

「確實如此。」

惠接受了數的回答，用力點點頭，望著自己懷中的寶寶。

「優，從現在開始這就是妳的名字了。」

店裡響著落地鐘走動的聲音，入口旁邊的鐘顯示五點十八分。

時間不只是現在，在過去也在流動，朝向未來。

第三話

不肯同意婚事的父親的故事

蛋包飯，大家都喜歡。

蛋包飯是一九二五年（大正十四年），位於大阪市難波區汐見橋的大眾洋食餐廳〈麵包師傅的食堂〉店主北橋茂男，為了腸胃不好的常客想出的料理。

常客總是點白飯和蛋捲，北橋心想：每次都吃同樣的東西，未免也**太可憐了吧！**

於是，他用蕃茄醬炒飯，然後用薄蛋皮包起來，就成了蛋包飯。

據說，這就是蛋包飯的起源。

作法很簡單。洋蔥切碎，培根切薄片、混合蔬菜、和白飯一起用奶油炒；以鹽、胡椒、蕃茄醬調味，做成蕃茄醬炒飯，接著用薄蛋皮包起來。最近也有使用白醬或肉醬取代蕃茄醬的作法。做好裝盤後，加上香菜等點綴就完成了。

吃上一口，雞蛋和醬汁的味道、帶著奶油香味的蕃茄醬炒飯風味各異，

在嘴裡擴散開來。柔軟的口感不只小孩，連大人也很喜歡。

東京有許多蛋包飯專賣店。

☕

六月上旬。

剛剛進入梅雨季的某一天，咖啡店來了一對夫妻。

「原來如此。」

先生的名字叫做望月文雄，年紀快要六十，頭髮已經開始花白。聽到了咖啡店的規矩，臉色絲毫不變。

「回去了。」

他只說了這句話，便起身離開。

喀啦哐噹——

「不好意思。」

一臉抱歉地深深低下頭的是他的太太，佳代子。她跟望月比起來年輕許多，很難相信有個二十四歲的女兒。

櫃臺上有兩杯咖啡，望月的杯子沒有動過，咖啡也沒喝。

「佔用了你們的時間，非常抱歉。」

佳代子站起來，再度低頭道歉。

「沒關係。」

時田流回答，他結了帳，目送佳代子離開。

佳代子的咖啡喝得乾乾淨淨。

喀啦哐噹——

「那種人反對我結婚的話，我也會私奔喔！」

坐在一旁桌位，從頭聽到尾的清川二美子聳了聳肩。

「二美子小姐，」

流制止了二美子。

——這樣太沒禮貌了。

「那個頑固老頭，一到咖啡店只說了『原來如此』跟『回去了』兩句話，不是嗎？其他都是太太在說明。那是怎樣？要是我也不能忍。」

「好了、好了。」

「根據太太的說法，他好像後悔反對女兒結婚。但就這樣回到過去的話，一定還是會反對的。」

「咦？」

「你看見他的表情了嗎？那不是後悔的神情吧，是無法接受私奔的表情。所以知道現實不會改變之後，就立刻離開了啊！」

二美子皺著眉頭，露出嫌惡的表情。

「他之所以反對，應該也是有理由的吧？」

「反正一定是無聊的理由。」

「怎麼說？」

「就是看那個男人不順眼啦！連話都不會說。」

「原來如此。」

「用自己的好惡做為反對的理由，誰能忍耐得了。」

「您有經驗？」

「我家完全相反呢！」

「相反？」

流好奇地把頭傾向一邊。

「我家老爸別說反對了，根本催我快結婚，嫁給誰都行。要是我私奔了，他可能會去報紙上刊登廣告，買一整個版面的『恭喜！』」

「為什麼是報紙？」

「因為私奔就無法取得聯絡了啊！」

「原來如此。」

二美子在三年前的初夏回到了過去，去見在這家咖啡店跟她分手，然後去了美國的男友，賀田多五郎。

當她回到過去時，五郎對著二美子說：「希望妳等我三年。」

之後二美子便一直在等他回日本，今年三十一歲的她，還要再過一段時間才會和五郎結婚。

「咖啡可以續杯嗎？」

「知道了。」

流接過二美子遞過來的空咖啡杯，轉身走進廚房，店裡就只剩下二美子一個人。

正確來說，最裡面的座位上還有一位白衣女子，但她不是客人，連人類都不是。她是個幽靈，佔據著能回到過去的座位上，無論晝夜都不睡覺，一直坐在那裡看書。

要回到過去，就必須坐在她的位子上。

當然，要等她起身離開才行。

然而，就算跟她說：「能把位子讓給我嗎？」她也是充耳不聞。要是想強迫她離開，就會被詛咒。

不過，也不是毫無機會，因為她每天會離開座位，去一次洗手間，要趁這個時候坐到她的位子上。

無論是誰都會懷疑：「幽靈也要去洗手間？」但這就是回到過去的麻煩規矩之一。

「今天在看什麼書呢？」

二美子望向白衣女子在閱讀的書。

就在此時，白衣女子的身體突然開始搖晃。

「哎？」

二美子揉了揉眼睛，以為自己眼花了。

「怎麼了、怎麼了？」

一瞬間，白衣女子的身體被白色的熱氣包圍，這種不可思議的光景讓二美子驚訝不已，但她知道接下來會發生什麼事。因為三年前，二美子回到過去時自己的身體也變成了熱氣。

二美子慌亂得話都說不出來，下一秒，白色熱氣下出現了一個女人。

這位女士名叫川島洋子，今年二十八歲。雖然年紀很輕，臉上卻充滿疲憊的神情，看起來比實際年齡還要老。穿著打扮絕對稱不上整潔，上衣的袖口綻開了，隨便綁起來的頭髮也毫無光澤。

「喂，流先生，糟糕了！有位女士來了，有位女士從未來過來了！」

二美子大聲呼喚廚房裡的流。

流沒有應聲，只有磨咖啡豆的聲音傳來。

過了一會兒——

「啊！請等一下，我在泡咖啡。」

他不慌不忙地回道。

「哎？但是……」

二美子第一次碰到從未來過來的客人，她的反應當然跟已經司空見慣的流有差。

「那我該怎麼辦？」

二美子輪流望著廚房流的方向跟眼前的洋子。

「那個……」洋子對二美子開口。

「哎，什麼事？」

「您在這家店裡工作嗎？」

洋子的聲音也透露著疑惑，沙啞的音色比二美子更加不安。

「不，不是的。」

「那除了您之外，還有其他人在嗎？」

「啊！哎，現在店長在廚房泡咖啡，數小姐在裡面陪美紀午睡。您知道數小姐嗎？」

「是哪位？」

「應該是替妳泡這杯咖啡的人。」

二美子指著洋子面前的咖啡杯。

「啊！」

「那位就是數小姐，然後……」

舉目四顧，狹小的店裡只有洋子和二美子兩個人。

「我叫清川二美子，是這家咖啡店的常客，是系統工程師。啊！我以前也有回到過去的經驗，所以我知道妳很困惑。請多指教！」

二美子乍然開始自我介紹，讓洋子有點不知所措。

「呃，好的。」

「對，對不起，我唐突了。」

「不會。」

「看來妳不是來見流先生或是數小姐的，當然也不是來見我。是不是待會兒會有別人來？」

二美子望向咖啡店入口，但牛鈴並沒有響。

洋子發現除了二美子沒有其他人在，有點遺憾地嘆了口氣，疲憊的面容看起來更顯老態。

——聽了那麼多麻煩的規矩，好不容易回到了過去，一定有很重要的理由，不過想見的人卻不在……

洋子的失望之情，二美子也很能體會。

「喏，妳到底是來見誰的？」

儘管問了也起不了安慰的作用，但看著失望的洋子，二美子還是覺得該

說點什麼。

「……其實，是我父親。」

洋子回答了二美子的問題，又輕嘆了一口氣。

「久等了。」

流終於從廚房走了出來，手上拿著的咖啡杯冒著一縷熱氣。

「這位是二美子的朋友嗎？」

「不是。」

「哎？妳在生什麼氣？」

「我沒生氣！」

「但是……」

流惶恐地看著二美子的臉色。

——有客人從未來過來，怎麼還慢吞吞地泡咖啡啊！

二美子嚥下想脫口而出的抱怨。

「有客人喔！」

她望向洋子。

洋子心情很低落，二美子也忍不住不悅的感覺，緊咬著下唇。

「啊，這樣喔！」

流看著洋子跟二美子的表情，然後確認了一下店裡沒有其他人在。

「雖然很可惜，但這種情況也不是沒有。」

他靜靜地說道。

二美子發現原來回到過去也有可能見不到想見的人。

「為什麼會這樣？」

二美子代替洋子質問道。

「那是……」

「怎樣？」

「跟當事人的心情有關。」

「她的心情？」

「對。」

「這是怎麼回事？」

「心裡可能並不是真的想見。若是這樣的話，就會回到不是真正想去的時間點。」

「咦？」

二美子錯愕地望向洋子的面孔，兩人四目相對。洋子困惑地垂下視線，因為流說的話可能稍微說中了自己的心事也未可知。

「就算知道正確的時間也一樣嗎？」

二美子還是無法接受。

「是的。就算不知道原因，到底想不想見的心情似乎是第一優先。之前也有過幾位這樣的客人，詢問之後才發現，他們果然內心深處其實是不想見面的……」

「但是……」

二美子還想說些什麼，只不過繼續說下去，洋子就太可憐了。

——這一定也是規矩之一。

二美子覺得很抱歉，即便如此，還是不甘心讓洋子就這樣回去。

「不好意思，未來的我可能沒有好好說明。」

流察覺二美子的心情，他低頭跟洋子道歉。

「沒事的，我可能真的不想見到我父親也說不定。」洋子抬起頭，喃喃說道：「我是從四年後的未來過來的，在父親葬禮的那天晚上，母親跟我說，父親來過這家咖啡店……」

「葬禮的晚上？」

「蜘蛛膜下出血昏倒，就這樣去世了……」

「但是，為什麼……？」

——不想跟父親見面呢？

二美子沒把話問完，僅是把頭歪向一側。

「父親反對我的婚事，我便離家出走了。在知道父親去世之前，一次都沒再回過家。」

「哎？」

二美子跟流面面相覷。

「不知道當時父親為什麼反對？我試著跟他溝通了好多次，他都無法理解。所以我決定私奔……」

「啊！」

二美子猛然大叫起來。

「妳父親，難道是？」

二美子瞪大了眼看向流，流的表情也跟二美子一模一樣。

「妳父親是不是不愛說話，有種保守的感覺，好像會叫女人走在男人身後兩步那樣的人？是不是姓望月？」

二美子的話讓洋子臉色一變。

「妳怎麼知道？」

「他剛剛還在這裡啊！」

「哎？」

「就在妳出現之前的……十分鐘，不，三、四分鐘吧？現在追出去搞不好還來得及！」

二美子說完，就轉身準備奔向咖啡店門口，沒想到她的舉止造成了不可挽回的後果。

「那我也……」

洋子覺得應該由自己去追，也跟著二美子站起身來。

「啊！」

這次換是流叫出聲。

「咦？」

洋子的身體一下子再度變成了白色的熱氣，被吸進天花板裡了。

就是一瞬間的事——

「騙人的吧？」

二美子愣愣地站著。

「完蛋了。」

流皺著臉，喃喃道。

這家咖啡店的規矩是——即使回到過去，也不能離開座位行動；一旦離開座位，就會立刻回到現實。

此時，白衣女子出現在消失的熱氣之下，若無其事地看書。

「哎，這是不是我的錯？」

「沒辦法。」

「怎麼辦？」

「既然已經這樣，就沒有辦法了。」

二美子踉蹌地走到最近的桌位坐下，趴在桌子上。

流只能愣怔地看著咖啡杯。

——我為什麼反對她結婚呢？

望月從能回到過去的咖啡店走向車站的途中，不斷地反問自己。

現在是六月上旬，離夏天還早。但今天有點熱，望月悶出了一身汗。

「拜託了。」

「不行。」

「為什麼？」

「太早了。」

「認識兩個月就不行嗎？」

「我怎麼可能答應。」

「所以我才問為什麼呀？」

「那種男人，才認識兩個月，妳能有多瞭解？」

「那種男人是什麼意思？」

「就是那種男人！連話都說不好，突然就說請將女兒嫁給我，沒禮貌也該有個限度。」

「那是因為……」

「總之，不許你們結婚，叫他走。」

「為什麼？為什麼呀？我以為你會高興。」

在那之後已過了三年。

望月並沒有忘記反對女兒結婚的那一天。

——如果她跟私奔的男人結婚的話，現在應該改姓川島了。

在那天之前，望月從未見過女兒忤逆的樣子。他一直覺得流著眼淚的女兒還是孩子，沒想過她會有如此激烈的情緒。

小學的時候，級任老師對她的評語都是——缺乏自主意識，有隨波逐流的傾向。

上了高中，由於無法拒絕朋友的邀情而加入柔道社團。女兒中學時參加的是文化類型的管樂社，突然開始學柔道，絕對不會長久的，果然不到一個月就退社了。

上了短期大學，就沒有參加運動社團了，卻同樣是在朋友的邀請下，進了天文學社團。柔道社團可以說體力不濟而退出，這次沒有明顯的理由，女兒就參加了兩年的天文學社團。

直到畢業之後，望月才從妻子佳代子那裡得知，那孩子其實是想繼續參加管樂社。

然而，這樣的女兒卻在上班兩個月後，就帶著陌生男人回家，說是在公司客戶那裡認識的。

自己的女兒如此缺乏學習能力，望月真是無可奈何。

——又是沒法拒絕，不能讓她重蹈失敗的覆轍。

望月確信她一定會後悔。

然而，現在望月卻後悔自己反對女兒結婚。

因為洋子私奔後，斷絕了所有聯絡。就算有什麼困難，也沒辦法知道，更沒辦法幫她。

——錯的是我嗎？

每一天，他都越來越懷疑自己。

望月覺得洋子跟那種男人結婚一定不會幸福，不過沒人能預知未來。要是不反對的話，說不定現在已經帶著可愛的孫子回娘家玩也說不定。

望月一直懷疑，是不是自己親手丟棄了這小小的幸福。

就在這個時候，他聽說了能回到過去的咖啡店的傳說。據說能夠回到想去的時間，並見到想見的人。

——胡說八道，未免太超現實了。

一開始他是這麼覺得，但隨著日子過去，他越來越在意。

——要是真的能回到過去呢？要是能再度見到女兒呢？一切要是能重來呢？

不知何時，望月的心境也有了轉變。

——要是那天能重來的話，這次我不會反對，並給予她祝福。

——真的能回到過去嗎？

從陰暗地下牢獄般的咖啡店走出來之後，望月佳代子望著走在前面的丈夫背影，心中不禁懷疑著。

佳代子並沒有告訴望月，她其實一直跟女兒洋子保持聯絡。私奔之後她們便立刻聯絡上，她有女兒的新手機號碼和地址。

「絕對不要告訴爸爸。」

洋子堅持不讓父親知道，也跟佳代子說，自己與丈夫哲也幸福快樂地一起生活。

雖然對望月不好意思，但佳代子還私下見過外孫。哲也則是從來家裡求婚的那天之後，她就再也沒見過他，據說是工作很忙，抽不出時間。

佳代子知道洋子從小就有很強的責任感。

高中時，洋子加入柔道社團一個月，她說是因為沒有學過柔道的朋友不知道要不要參加，希望洋子跟她一起加入社團體驗一下，期限是一個月。

在那之後，洋子再度回到管樂社，朋友則繼續留在柔道社團。

「要退出了嗎？早就跟妳說過了，妳學不成柔道的。」

「一開始就決定只參加一個月的。」

「進了社會這種藉口是行不通的。」

「爸爸完全不信任我吧？」

「現在不是在談這個問題。妳說要加入柔道社時，我就反對了。」

「算了。」

「都跟妳說了，聽人講話要聽完！」

佳代子覺得望月跟洋子總是雞同鴨講。

洋子在短期大學加入天文學社團時也是如此。

「反正這次也要半途而廢吧？」

「為什麼你現在就下結論？」

「不是我下結論，是太瞭解妳。」

「你什麼也不瞭解吧？」

「我瞭解，妳絕對會半途而廢。」

「我知道了，那就加入吧！加入就是了。」

「妳辦不到的。」

加入社團就有該做的事情，而洋子並不想只掛個名，所以一直到最後都積極參與天文學社團的活動，即便佳代子覺得洋子內心還是想繼續參加管樂社。

不過，洋子從來不曾抱怨過，是她引以為傲的女兒。當洋子說要私奔時，佳代子並沒有開口阻止，因為她相信洋子會為自己的言行負責。

——就算是父女，女兒跟丈夫就是合不來。女兒也長大了，有了自己的家庭，不用配合丈夫的人生。

佳代子是這麼想的。

——那個孩子現在也好好地過日子。離開了東京，在靜岡跟哲也

先生和孩子一起幸福地生活。不用去打攪她，現在這樣就好。

也因此，她從來沒有想過要跟望月提起洋子的新生活。

然而有一天，望月突然說要去能回到過去的咖啡店。

聽他這麼說，佳代子擔心望月是想回到那一天，再度反對女兒結婚。

——要是這樣的話，豈不是會破壞了女兒現在的幸福。

佳代子以為望月要固執己見，非得回到過去，不讓洋子屈服不肯干休。

於是，她跟著望月來到咖啡店。事實證明，她的擔憂是杞人憂天。

回到過去有許多規矩，而且那些規矩全都對女兒洋子有利。不管望月說什麼，現實都無法改變；還有限制時間，就算望月回到過去，也待不了多久；而且沒來過這家咖啡店的人是見不到的。

——那個孩子不知道有沒有來過這家咖啡店？就算回到了過去，也可能見不到面。老公應該也是這麼想的。

佳代子內心忖度著，她不禁鬆了一口氣。

就在他們離開店裡，走向車站時，背後猛然有人出聲叫住他們。

「望月先生！」

停下腳步回過頭一看，是個上氣不接下氣的女人，清川二美子。

應該是急著追上來的吧，只見二美子額頭上冒著大粒的汗珠。

「啊！您是……」

佳代子好奇地輕聲道。

——這位女士很眼熟，好像剛才在咖啡店裡見過……燈光很暗沒有看清楚，但能叫出我們的名字，應該是她沒錯。

「有什麼事嗎？」

佳代子問道。

望月則轉過身，一言不發。

「太好了，終於趕上了！請立刻回到咖啡店。剛剛令嬡，令嬡從未來過來見您了！」

二美子喘著氣，對望月一口氣說完。

「……我女兒？」

望月喃喃道。

二美子的話讓佳代子感到不安，因為二美子沒有說「來見你們」，而是對著望月說「來見您」。

「來見我先生嗎？」

佳代子再確認二美子是否沒說錯。

「是的。」

二美子抬頭挺胸，毫不猶豫地肯定道。

車站就在眼前，望月卻立刻掉頭跟在二美子後面走回咖啡店，佳代子只好跟隨在他們身後。

——要是她說的是真的，女兒為什麼來見老公呢？不是見我，而是見他？

佳代子思忖到這裡，表情不由得沈了下來。

剛剛還是大太陽的天空，不知何時已經雨雲密佈。

「如何？」

時田數對著從過去回來的洋子，問道。

洋子並沒有回答數的問題，只是環視著店內。

這家咖啡店位於地下層，沒有窗戶，所以陽光進不來，只能靠時鐘來判斷時間。不過，店裡的三座落地鐘分別顯示不同的時間。第一次來這家咖啡店的洋子，甚至不知道哪座時鐘才是正確的。

「我已經從過去回來了吧？」

「是的。」數簡潔地應道。

——這樣啊……

洋子的確回到了父親望月造訪咖啡店的那一天，只是沒有見到面。根據穿著廚師服的時田流所言，那是因為洋子並不真的想見到父親。被人這麼說，洋子發現搞不好真的是這樣也未可知。

——我嘴上說想跟爸爸見面，但其實心裡是害怕的。

真的見到面了，可能也會被父親奚落：「看吧，被我說中了！跟那個男人結婚，果然讓妳不幸了。是妳錯了，因為妳不聽老人言！」

洋子跟川島哲也私奔，離開東京之後，在靜岡市清水區租了房子同居。他們決定不依靠任何人，兩個人一起生活下去。

一開始過得很順利，哲也找到了新工作，洋子也在超市打工。過了一陣

子，洋子懷孕了她很高興，但哲也並不開心，因為他討厭小孩。

從那天開始，哲也的態度越來越惡劣，也開始使用暴力，甚至會踢她的肚子。洋子很害怕，她想過好幾次要跟母親佳代子求助，但她不想讓媽媽擔心，所以一直忍耐著。

——從小媽媽就一直站在我這邊，我不想讓媽媽傷心。私奔是自己的決定，我必須負責到最後。

洋子決定跟哲也分手，自己一個人養育腹中的孩子。

當她提出分手時，哲也幾乎是迫不及待地在離婚證書上蓋章，並立刻帶著新女友回家。

這男人在妻子懷孕的時候出軌，真是個渣男！

洋子終於明白爸爸當時就已經看透了哲也的本性。

——我什麼都沒看出來，爸爸一定非常失望。要是知道這件事，媽媽一定會哭。

幸好懷孕的洋子找到了提供住處的工作，是一對老夫婦經營的報紙專賣店的員工食堂，雖然薪水不高，但提供食宿。當她生產時他們也給了很多協助，就連休假店主夫婦也幫了她不少忙。

佳代子不時會與她聯絡，洋子並沒有告知自己已離婚了，而是編造了幸福生活的謊言。佳代子想看孫子，也見過好幾次，她一點都沒有懷疑。

只是孩子長大後，謊言一定會被戳穿。所以她決定要等自己找到能賺夠多薪水的工作，可以租得起房子，並證明能和兒子兩個人好好生活之後，再說出真相。

因此，洋子拼了命地工作，即便薪水很低，能帶著孩子去上班的報紙專賣店對洋子來說，不啻天國。而且洋子空閒時會去超市打工管收銀台，店主夫婦還能幫忙帶孩子，真的是好人。

洋子慢慢存了一點錢，正準備租房子時，她又犯了同樣的錯誤。

在洋子的孩子六歲時，她打工的超市有個男性常客，她和那個男人發生了關係。男人比洋子大五歲，說自己是不動產的諮詢顧問。

洋子對他的工作內容完全不瞭解，只知道他不用去公司上班，只要一台電腦就能在家工作。

有一天，這個男人說想在東京買房子，跟他們母子三人一起住。

這是求婚，洋子考慮過了。

——雖然認識還不到半年，但這個人個性很溫和，阿充也和他處得很好，而且要是能住在東京，就能驕傲地跟媽媽和爸爸報告自己再婚了。

洋子看著男人拿出的戒指，覺得沒有理由拒絕。她也去看了要買的房子，後續的手續都由那個男人負責。洋子把自己的存款交給了那個男人支付頭期款，等待交易完成。

沒想到，那個男人後來一直沒有跟她聯絡，打他的手機也不通，去房產

仲介查詢，根本沒有這筆交易的紀錄。

這是詐欺，她被騙了。

——為什麼？

洋子感到眼前一片漆黑。

——為什麼只有我非得一直碰上這麼慘的事？

報紙專賣店跟超市的工作都已經以要結婚為由辭職了，她也正式跟照顧她良多的老夫婦告別，她以為自己只要等著搬進新家就好。

結果反而失去了一切，只剩下兒子。洋子陷入絕境，無處可去。

只能跟父親認錯，像母親坦白，重回娘家。

——這是為了兒子，沒辦法！

洋子這樣說服自己。

當她下定決心要按下手機的通話鍵時，手機響了，是母親佳代子。

簡直像是通靈一般的時機，洋子的心跳驟然加快。

「喂？」

「洋子，妳鎮定一點，聽我說。」

「什麼事？」

「那個……」

「怎麼了？妳在哭嗎？」

「妳爸爸……」

「哎？我沒聽不清楚，爸爸怎麼了？」

「妳爸爸去世了。」

「咦？」

望月乍然暈倒，失去意識後，就再也沒醒來。

死因是蜘蛛膜下出血。

洋子想起跟望月最後的對話——

「妳知道結婚是什麼意思嗎？好好思考一下，那個男人不行的。」

「爸爸對人家瞭解多少？」

「那妳對那個人又瞭解多少？受罪的是妳自己。」

「什麼？為什麼就這樣認定了？」

「妳結婚還太早。」

「不要把我當小孩子！要是你不答應，我就離開這個家。」

「隨便妳。」

「不用你說，我也會隨我便。」

「我可不管，就算妳哭著回來，也不會讓妳踏進大門一步。」

「我知道了！」

那個時候洋子是在逞強，她一氣之下離家，被糟蹋了兩次，然後完全無法自立，正想求助，望月也還沒原諒她，就這樣死了。

——爸爸到底是怎麼看待我的？

根據佳代子的說法，一提到洋子，望月的話就變少了，心情也會變差。

——應該還在生我的氣，甚至不願意提起我。沒辦法，這都是我自找的……

葬禮當晚，洋子把一切都跟佳代子坦承了。

佳代子一面哭，一面責怪洋子為什麼不早點跟她說。

洋子說因為不想讓她擔心，沒想到佳代子哭得更厲害，並要求走投無路的洋子回家。

「一起生活吧！」

除此之外，別無選擇，但洋子無法就這樣接受佳代子的提議。

「嗯，可是……」

「怎麼了？」

「爸爸會怎麼想呢？」

「妳爸爸要是知道妳碰上這種事，一定會叫妳回來的。」

「但是……」

洋子的耳邊依稀還迴盪著：「就算妳哭著回來，也不會讓妳踏進大門一步。」

望月當年的最後一句話，還盤據在她腦中。

——我太任性了，沒有資格回家。這是頂撞爸爸，擅自離家出走的報應。爸爸死了才回去，未免也太順理成章了。我踐踏了爸爸的關心，不能住在這個家。

洋子拒絕了母親的提議。

沒想到，佳代子給了奇怪的建議。

「那麼，妳回到過去問問妳爸不就好了？」

不過，沒有見到面……

「我中途站了起來。」

「這樣啊！」

時田數即使聽到洋子的話，整個人也沒有動搖，只拿起洋子面前完全沒動過的咖啡杯。

「我重新泡一杯熱咖啡吧！」

她輕聲說著，轉身走進廚房。

過了一會兒，白衣女子從洗手間回來，洋子把座位還給她，在旁邊的桌位坐下。

「媽媽。」

洋子回到過去時，兒子在裡面的房間裡等她，現在他跑出來叫媽媽。

這家咖啡店裡面是居住空間。

「小充乖不乖？」

洋子溫柔地詢問兒子。

充沒有說話，只是將手裡的聖誕老人骷髏娃娃給她看。

「怎麼了？」

「人家給我的。」

「誰給的？」

充沒有回答，默默地轉過身，看向一個四十來歲的女性。

女人叫做木嶋京子，是這家店的常客，有個上小學四年級的兒子。

不過，給充骷髏娃娃的並不是京子，而是站在她旁邊、有著一對骨碌碌大眼睛的女孩。這個女孩叫做時田美紀，是流的女兒，今年六歲。

「道謝了嗎？」

洋子問，充面無表情地微微點頭。

「沒見到面嗎？」

京子問道。

今天偶爾來店裡的京子，聽到數和洋子述說了事情的經過，便在洋子回到過去的期間替她照顧充。

其實京子的弟弟最近也才回到過去，為了見因癌症去世的母親。在京子看來，洋子回到過去見去世的父親，她感同身受。

「我沒有回到我父親在店裡的時刻……」

「這樣啊！太可惜了。」

京子輕輕嘆了口氣。

「但是，可能這樣比較好也說不定。」

充抱著娃娃，洋子摸摸他的頭，輕聲道。

「怎麼說？」

京子把頭歪向一邊。

「反正我沒錢也沒地方去，只能回娘家。想要父親原諒我，只是給自己找藉口而已。」

「不，但是……」

「儘管很可惜，但沒關係了。」

洋子應道，感到有些內疚。

——其實我鬆了一口氣，沒能見到父親真是太好了。只是這種話不可能說得出口，即便我是這麼想的。啊，真是個不孝女！

洋子在內心思忖著。

——我到底為什麼私奔？為什麼一開始失敗時沒有直接承認？

越想越無法解答，只會陷入黑暗的深淵。

京子看見消沈的洋子，也不知道該說什麼。

不知何時，美紀已經在京子懷中睡著了，京子確認了一下時間，發現剛過晚上八點。

——再留在咖啡店裡也沒意義了，回去吧！

洋子牽著充的手，正要起身。

「久等了。」

時田數突然從廚房走出來。

「那個，我，不用了，」

「喝杯咖啡，稍等一下吧！」

數說著，替洋子上了新咖啡，又給了充熱牛奶，然後轉身回到廚房，完全不顧洋子說了什麼。

——既然都端上來了，就喝吧？

京子坐在櫃臺座位上，微笑著點頭示意。

洋子嘆了一口氣，又重新坐下。而充已經坐在她對面的位子上，開始慢慢啜飲起牛奶。

——我是個不孝女！本來在孩子出生時就該聯絡的，我卻逞強沒有聯繫，甚至還叫媽媽不讓爸爸知道，結果爸爸連外孫的面都沒見到就意外去世了。

洋子並不想喝端上來的咖啡，只是一味地嘆氣。

黑色的咖啡就像洋子內心黑暗的深淵。

——後悔也來不及了，再也不能跟爸爸見面了。這機會是我自己放棄的，明明都已經回到爸爸來到這家咖啡店的那一天。

咖啡店的規矩之一——沒辦法見到沒來過這家店的人。

「我覺得妳爸爸是為了阻止妳結婚，才想要回到過去。當他聽說沒辦法見到沒來過這家店的人，就放棄打算走了。所以妳只要回到那個時間點，應該能見到他。」

媽媽如此說道。

「咦？」

——等一下！打算走了！而不是就走了？

洋子乍然回想起佳代子所說的話，彷彿發現了什麼，她似乎錯過了某種重要的線索。

不只如此……

「喝杯咖啡稍等一下吧！」

——稍等一下？等誰？

剛才聽到這句話時，洋子以為數說錯了，並沒有進一步深究。然而，若跟佳代子說的話一起思考的話，就變得非常意味深長。

洋子伸手拿起咖啡，想鎮定一下心情。

就在此時，前方的牆壁開始發白。不對，正確來說，應該是隔壁桌位的白衣女子變成了白色霧氣，簡直像是忍者拋出煙霧彈隱身一樣。

洋子自己也有過同樣的經驗。

——沒錯，就像我回到過去時那樣。

數替她倒咖啡之後，杯子升起一縷熱氣，洋子的身體也變成了熱氣。

——跟那個時候一樣。

洋子直覺地想到誰會出現在熱氣之下。

「打算走了。」

「喝杯咖啡稍等一下吧！」

洋子不由得心跳加速，她把充拉進懷裡抱住。

「啊！」

包圍白衣女子的熱氣被吸進了天花板，她意料中的人物出現在眼前。

「爸，爸爸……？」

「洋子。」

沙啞的聲音喚著她的名字，洋子僵住了。

熱氣下方出現的是，洋子的父親。

佳代子和望月一起回到陰暗如地下牢一般的咖啡店。

「把我叫回來，也就是能和女兒見面的意思吧？」

「正是如此。」

二美子立刻回道，雙眸閃閃發光。

——她到底在說什麼呀？

佳代子皺起臉來。

「這是怎麼回事？您說我女兒從未來過來了，不是嗎？我們聽說這裡是可以回到過去的咖啡店，那就不可能去未來見她吧？」

「不，也能去未來的。」

流回答。

「咦？」

——是不是真的能回到過去都還存疑呢！

佳代子忍著沒說出口。

「其實這裡不是能回到過去的咖啡店，而是能移動到想去的時間點的咖

啡店。」

「想去的時間點？」

「是的，所以也能去未來。只不過，幾乎沒有要去未來的客人。」

「為什麼？」

「比方說，如果想見的人在未來，到底要怎麼知道那個人何時會來到這家咖啡店呢？」

「這怎麼可能知道。啊……」

「就是這樣。回到過去的話，只要知道想見的人什麼時候來過這家咖啡店，抓準那個時間點回去就可以。但是……」

「未來的話就不得而知了？」

「是的。」

「但剛剛說我女兒從未來過來了……」

「意思就是，只要知道令嬡來這家咖啡店的時間，就可以前往未來去見

她了。」

「可是，要是剛才我女兒真的來過，那就不用特意去未來，只要回到之前幾分鐘就好了，不是嗎？」

「啊，這樣喔！」

這是二美子沒想到的盲點，她一拍雙手，望向流。

「那是不行的。」

「為什麼？」

追問的是二美子。

指出盲點的佳代子冷冷地旁觀二美子和流一來一往。

「因為位子只有一個。」

「……啊，對喔！」

二美子的興奮一下子被潑了冷水。

「這是怎麼回事？」

佳代子納悶地歪著頭。

「令嬡從未來過來，坐的是望月先生要回到過去必須坐的位子。」

「所以說，那個……啊！」

佳代子明白了，沒有繼續再說下去。

「就是這樣，同樣的時間不可能有兩個人同時坐在這張椅子上。」

「原來如此。」

佳代子終於聽懂了流的意見。

——丈夫的目的是阻止洋子結婚，那前往未來也沒有意義了。

她心中如此思忖著。

「老公？」

佳代子叫喚著望月，他卻置若罔聞，只是直直地盯著那張據說能回到過去的椅子。

那個位子上坐著一個穿著白色洋裝的女士，要回到過去，必須等她去上

洗手間。

「令嬡說，自己是從四年後過來的，只是不知道正確的時間。」

流繼續說道。

「我知道喔！」

二美子舉起手附和道。

「咦？」

流發出訝異的聲音。

「其實是知道的。」

「怎麼知道？」

「我瞄到了她的手錶。」

二美子邊說，邊咚咚地敲著自己的左手腕。

「女生戴手錶很多人都帶在手腕內側不是嗎？她卻是戴在外側。我當時覺得很稀奇，所以刻意留意了一下。手錶是數位式的，時間是十八點

四十五分，上面還有日期，是十一月十一日。不會錯的！」

「四年後的十一月十一日，晚上六點四十五分。真是太完美了！」

流對著得意洋洋的二美子豎起大拇指。

「您覺得如何？」

條件都符合了，流徵詢望月的意見。

——老公不會真想去未來吧？但去了也不能達成目的呀？要是真的想見面的話，四年後直接到這家店來就好了，不是嗎？

佳代子滿心疑惑地忖度著。

「很遺憾，我先生是想回到過去，跟結婚前的女兒見面……」

佳代子打算拒絕，便替沈默不語的望月回答，但話才講到一半，望月便伸手制止了她。

「哎？」

望月瞥了驚訝的佳代子一眼。

「拜託了，請讓我去女兒所在的未來。」

說完，他低下了頭。

——到底要等到什麼時候？

望月決定要去未來之後，已經過了三小時。

佳代子說要準備晚飯，先行回家去了。

店裡的三座老爺落地鐘，分別指著完全不同的時間，望月只好看自己的手錶確定時間。

現在是晚上七點二十分。這裡沒有窗戶，外面天一定黑了。

望月已經喝了兩杯咖啡，本來以為能回家吃晚飯的，他的肚子從剛剛開始就一直叫。

——他們說那位女士是幽靈……

望月再度看向白衣女子。

離夏天還早，她卻穿著短袖洋裝，坐在那裡一動也不動地看書。客人只有白衣女子跟望月兩個人，時田數和流在櫃臺後面，流懷裡抱著熟睡的兩歲女兒美紀。流的妻子時田計，在生下女兒美紀之後就去世了。

無法看見自己孩子的成長一定非常遺憾。

望月也為人父母，他將心比心，對流表示了慰問之意。

「其實我太太去過未來，去見已經中學生的女兒。」

流說道，細長的黑眸瞇得更細了，看起來像是在笑。

「竟然是這樣……」望月聽得入了迷。「然後呢？見到了嗎？」

「見到了，所以我太太是含笑入地的。不過，她並沒有告訴我在未來她跟女兒說了什麼？」

流溫柔地望著收銀機上的照片，微笑著說。

照片裡是流的妻子計，望月覺得這位女士笑起來真好看。

「我……就算前往未來見到我女兒，結果也不知道會不會跟你們一樣順利。要是能回到過去，我想讓女兒知道我不反對她結婚了。就算女兒會私奔這個現實不會改變，只要我答應，當她碰到困難就可以回家，或許我能幫上忙。」

望月彷彿喃喃自語地說道。

「我本來是這麼想的……但去到四年後的未來告訴我女兒，這對她有意義嗎？我女兒一定還是不肯原諒我當初那樣反對，因為她一直沒有跟我們聯絡……」

望月垂下眼瞼，輕吐了一口氣。

「那是為什麼……？」

——還想回到過去呢？

流沒把話講完，不解地歪著頭。

「這是因為……」

望月慢慢開始說起自己想回到過去的原由……

某一天的晚餐時間。

「洋子喜歡吃什麼？」

望月忽然開口詢問佳代子。

這沒有什麼特別的深意，僅是隨口一問。

「為什麼突然問這個？」

怪不得佳代子驚訝，在他們倆之間「私奔的洋子」一直是禁忌話題。

——即使嘴上不說，太太應該認為女兒離家出走是我的錯。

望月感覺得到，所以只要提到女兒，他的心情就會變不好。

然而，望月沒辦法收回已說出口的話。

「喜歡吃的東西啊……應該是蛋包飯吧！」

——現在問這個做什麼？

佳代子的眉間微微隆起。

「這樣啊！」

「怎麼了？」

「沒關係。」

——並不是沒關係！我竟然連女兒喜歡什麼都不知道，就反對她結婚？

儘管望月淡然地回應，內心思忖到這裡時一陣愕然。當然，拿對食物的喜好與結婚對象相提並論也太可笑了，只不過望月想到一件很糟糕的事。

——我不瞭解女兒的一切。女兒有自己的感性跟經驗，我不可能一直替女兒的人生掌舵。她一定會在我伸手不能及的地方，被迫做出人生的抉擇，選擇也可能是不幸的。然而，我不可能永遠都能幫她，

更不可能一直守護著她。讓她擁有熬過困境的力量，才是最重要的。我可能因為太希望女兒能得到幸福，反而限制了她的選擇也說不定。

此時，望月才第一次察覺自己不該反對女兒結婚。

「我應該要相信女兒的選擇，等待她，讓她有一個永遠可以回來的地方……那個時候，我只把自己的想法強加在她身上，並不是真的希望女兒幸福。至少讓我為這件事道歉，我現在是這麼認為的。」

人生有很多後悔想重來的事，而這些事情幾乎都和感情有關。特別是牽涉到親子和兄弟姊妹，和親近的人產生的齟齬更需要時間解決。無論有多後悔過去的發言和行動，這些言行給對方造成的內心傷害，除非人的心境發生改變，否則無法修復。

數靜靜地聽著望月的話。

「這樣啊！」

流附和道，他那跟線一樣細長的雙眼，瞇得更細了。

咱噠！

店裡乍然響起書本闔上的聲響，只見白衣女子緩緩地站起身來。

「站起來了。」

望月不由得脫口而出，慌忙地掩住嘴。

白衣女子完全不理會望月，靜靜走過他桌旁，進入洗手間。

——那然後呢？要怎麼辦才好？

望月用目光求助。

「請過來坐下。」

在此之前一言不發的時田數對望月說完，轉身走進廚房。

流用視線示意望月「請坐」，望月走到座位前。

——終於能見到女兒了！妻子一定不明白我為何要前往未來。她現在應該已經把晚飯做好了，我一直沒回家會讓她坐立不安吧？

望月想起佳代子離開時的輕聲嘆氣。

其實，促使望月這麼做的動力是——女兒來見我了。

要是沒有這件事，望月可能不會想去未來。

——見到女兒的話，或許她會原諒我。

他心中抱著淡淡的期待。

望月下定決心，在白衣女子的位子上坐下，立刻就感覺到椅子周圍的空間稍微變冷了。他伸出手，發現溫度變化的範圍大約是幾十公分。

——不是椅子冷，而是這裡的空間溫度和別處不一樣。

望月忍不住對這個能夠在時間中移動的空間感到不適。

「久等了。」

數從廚房走出來，手上的托盤上放著銀咖啡壺和純白的咖啡杯。

望月無法想像接下來會發生什麼事。

「接下來，我將為您倒咖啡。」

數像是看穿了望月的心思，開始解釋。

「我能去到四年後的未來，沒錯吧？」

「是的。」

聽見回答後，望月瞥了流一眼，流也點頭。

「能去未來的時間，從我把咖啡斟滿開始……」數說著，把純白的咖啡杯放在望月面前。「到咖啡冷掉為止。」

「冷掉為止？這麼短？」

「是的。」

「這樣啊！」

望月知道有時間限制，沒想到比想像中短多了。

他在等待白衣女子去洗手間時喝了好幾杯咖啡，才發現這裡的咖啡比其他咖啡店的溫度稍微低一些。

或許現在要倒的咖啡是特別的，可能比較熱。但要是跟之前的咖啡一樣

不熱的話，最慢十分鐘就會冷掉。不，大約七、八分鐘吧？可能還更短！

——這麼短的時間是要怎麼跟多年不見的女兒洋子，表達自己的心意呢？

望月內心十分擔心。

「我知道了。」

望月不安地應道。

「去到未來之後，請在咖啡冷掉之前喝完。」

——到底有多少麻煩的規矩呀？

聽到新規矩的望月，有點不高興。

「不喝完會怎樣？」

儘管不是有意的，他的語氣還是有些不悅。

「要是沒有喝完，就會變成您坐在這張椅子上。」

數完全不介意，一臉平靜地回答。

「哎？我嗎？」

「是的。」

望月驚愕地說不出話來。

數雖然只說了一句話，卻能感受到非常深刻的含意，他不覺得數會在這種時候開玩笑。

「原來如此。」

望月咕噥道。

不過，他覺得很合理，因為既然能回到過去或未來，那必然有風險，所以才是奇蹟。

「我知道了。」

數看著望月的表情，判斷這一點不需要進一步解釋，便繼續說明去未來的步驟。

「有一點要請您記住。」

「什麼？」

「在未來得知的事實，回到現在之後無論您如何努力也不會改變。這是規矩。」

「好，好的。」

望月嘴裡這麼回應，他並不真的理解這句話的意義。

正確來說，過去的事情已經發生過了，所以沒辦法改變。不過，他認為未來是未來，行為是不受限制的。

「比方說，」數繼續解釋道：「您去了未來，得知一星期後您的車子會被偷。但是無論如何努力，您車子被偷的事實不會改變。」

「哎？為什麼？既然知道會被偷，那就能防止被偷……啊！」

望月忽然明白數要表達什麼了。

「回到過去之後，無論如何努力，也無法改變現實。」

那是這條規矩的重心，也可以說是漏洞。

「……這條規矩適用範圍，不只是已發生的事情，而是得知的事實也適用，是嗎？」

望月遲疑地試著用言語表達自己的理解。

「正是如此。」

數直直迎上望月的視線。

望月試著在腦中整理自己所說的話。

比方說，去了未來知道車子會被偷，可以試著防止車子被偷，把車藏起來，雇用警衛之類的。也就是說，去了未來，在車子被盜之前的行動會有所改變。然而，在被盜之前的行動改變了，被盜的事實是無法改變的。

「原來如此。」

這條規矩的真正含意，讓望月產生了動搖。

得知未來，很可能會讓自己陷入絕望的深淵，因為未來無論如何都不會有任何變化。

「準備好了嗎？」

數拿起托盤上的銀咖啡壺，靜靜地詢問望月。

去了未來無論知道什麼事實，也無法改變。

要是去了未來得知洋子過得並不幸福，望月也無法幫助洋子避免不幸，自己就得懷抱著無力感活下去。

「您做好心理準備了嗎？」

數意思是，這是最後的確認。

——怎麼辦？

很有可能在接下來的四年裡都得痛苦地活著。

——即便如此，一直下落不明的女兒自己來找我，這一定是有原因的。既然這樣，我要是不去，女兒就再也沒有機會來見到我了。就是這樣，不需要猶豫！

望月下定了決心。

數正手持銀咖啡壺，等待他的回答。

「拜託了。」

望月凝視著數的眼睛回答。

「我知道了。那麼，」

數說著，挺直了腰桿，頓了一下。

「在咖啡冷掉之前。」

她接著輕聲道，下一瞬間，店裡的空氣倏忽緊繃了起來。

數把銀咖啡壺從托盤上慢慢舉起，往杯子裡倒咖啡。雖然是很平常的動作，但有如芭蕾舞者般地優雅美麗。斟滿的咖啡杯升起一縷熱氣。

——啊……

望月望著那縷熱氣，分明只是看著而已，不知何時視線越來越接近天花

板，周圍的景色從上往下流動，身體也變成了熱氣。

——啊啊……

景色流動得越快，望月的意識就越模糊。

在模糊的意識中，望月想起了剛認識太太那時候的事。

「我對你的第一印象糟透了。」

望月跟佳代子求婚時，她這麼說。

佳代子當時剛剛進入公司，是還在摸索的研修時期。

「喂，妳這傢伙，沒事做的話就老實說沒事做啊！是打算站在那裡白領薪水嗎？」

望月對她十分不客氣。

「對不起。」

「沒事做的話就說沒事做。」

「總之很嚇人。」佳代子回想起當時的情景，笑道：「我很想反駁，要我做的事情終於做完了，為什麼還要被罵？但我無法回嘴，我覺得要是回嘴的話更會被罵。總之，當時想到要一輩子都在這種上司底下做事，真是絕望至極。沒想到你竟會跟我求婚！」

望月不服氣地皺起臉來，他完全沒有嚇唬佳代子的意思，反而還對努力服從自己指示工作的佳代子有很高的評價。

「喂，妳這傢伙。」

——不知道叫什麼名字的小姐。

「沒事做的話就說沒事做。」

——工作已經做完了嗎？

「打算站在那裡白領薪水嗎？」

——要是有空的話，能幫我的忙嗎？

望月說出來的話，跟心裡的本意完全是兩回事。

話雖如此，不管望月本意如何，被說的人不可能毫無芥蒂。新人們受到這樣的對待，有的躲避，甚至有人離職。對剛剛進入公司的新人來說，望月的本意實在無法理解。

望月在新人眼裡是個無理的上司，其實責任感比誰都強，本性非常溫和，認識望月的人都對他評價很高。只不過，他真的很不會說話，只是短暫接觸，要瞭解他的真面目實在太難了。

沒想到，佳代子並沒有逃跑，儘管感到害怕，還能正面迎向望月。而佳代子工作的態度，望月都看在眼裡，隨著時間過去，認可漸漸變成好感。

佳代子也覺得望月即使不會說話，其實是個溫和且靠得住的人。

「要是被以前的我聽到，一定會堅決反對的。」

佳代子把這句話說在前頭，然後接受了望月的求婚。

三年後，洋子出生了。

「洋子。」

被呼喚名字的瞬間，洋子的心跳加快了。

出現在能回到過去的位置上的，果然是她父親望月。

葬禮當晚，佳代子說了他「打算走」。

自從私奔離家之後，她一直躲避不肯見面的望月，現在就在眼前。

——爸爸那天回到了這家咖啡店。

「媽媽？」

兒子的聲音讓她回過神來，望月也正看著充。

——是妳兒子嗎？

父親瞠大雙眼似乎正如此詢問她。

也怪不得他如此驚訝，一下子看見了已經六歲的外孫。

「對，他叫充。」

「這樣啊！」

雖然沒有叫出聲，但望月的嘴角微微地扯動。

——充……

他溫柔地望著外孫。

「很不錯的名字吧？」

洋子知道自己的聲音在發抖。

「嗯。」

——能讓他看到外孫真是太好了。

當聽到望月去世時，洋子有兩件後悔的事：私奔離家，與沒有辦法讓他看到外孫。

她和佳代子一直保持聯絡，偶爾還會見面。充叫佳代子「阿嬤」，跟她十分親近。

——即便媽媽沒有明說，一定也很希望我能和爸爸和解。

洋子一直在賭氣，她只是沒有想到，竟然會這麼就失去父親。

充用圓圓的大眼凝視著望月的面孔。

「打招呼。」

洋子柔聲道。

「……您好。」

充看著毫無笑意的望月，低頭輕聲問候。

望月的內心十分激動，原本就嚴肅的臉看起來更兇了。而這副兇惡的表

情，讓洋子想起自己曾經多麼困惑又嫌惡。

——但是，我的現實裡爸爸已經不在了。想到再也見不到面，淚水浮現在洋子眼眶中。

——無論怎樣叛逆，爸爸果然還是爸爸。

「爸爸。」

洋子鼓起勇氣低聲喊道。

——我必須老實地說出自己現在的處境。爸爸的反對並沒有錯，那個時候要是有聽爸爸的話就好了，現在我已經走投無路。我一定要道歉。對不起，我擅自離家了！要是得不到爸爸的原諒，我是沒有資格回家的。

「爸爸，那個……」

她的聲音在發抖，已經去世的望月就在她面前，她卻無法直視他。

「妳幸福嗎？」

「哎？」

望月低沈的聲音讓她抬起頭。

只見望月垂著眼瞼，直盯著白色咖啡杯，一時之間她不確定望月是不是真的在跟她說話。

——聽錯了嗎？

洋子無法確定剛才聽到的真是父親的聲音。

「啊！嗯。」

她含糊地回應。

——不是的，我現在並不幸福。我離婚了，還被騙婚，沒有錢也沒有地方住！

儘管心中如此吶喊，她也說不出口。

「這樣啊！」

望月面無表情地喃喃道。

自己反對女兒結婚，而女兒現在很幸福，這讓他覺得不開心吧？

事實並非如此。

正如望月擔心的那樣，洋子陷入了不幸的深淵。

——爸爸出現已經過了兩三分鐘了。不，光憑人的感覺是靠不住的，搞不好已超過五分鐘了。我回到過去時也是摸了咖啡杯才驚覺，這裡的咖啡本來就不夠熱。完全冷掉可能都不用十分鐘，所以我得快點說出來才行。

洋子下定決心抬起頭。

「爸爸，那個……」

「是我錯了。」

「哎？」

——是幻聽嗎？

洋子以為自己聽錯了，但望月真的這麼說了。

「我一直很後悔。」

「爸爸？」

「對不起。」

望月深深地低下頭。

「不是的……」

洋子的聲音可能太小了，望月一直低著頭沒有動。

「爸爸，請抬起頭來。」

——爸爸並沒有錯，錯的人是我，該道歉的人是我才對！

「那個……其實……」

望月抬起頭，看起來十分不安。他盯著咖啡杯，眨了眨眼，從眼角的餘光看著洋子，無法正視。

「我有話一定要跟爸爸說。」

洋子腦中一片混亂。

——完全沒想到爸爸會後悔，媽媽也從未提起，我以為爸爸直到死都不會原諒我。

「那個……」

她太混亂了，不知該怎麼開口。

氣氛僵住了，再這樣下去咖啡就要冷了。

「外公。」

充忽然趴在望月的膝蓋上，望月訝異地睜大了雙眼。

——外公？這孩子認得我？

「媽媽拿著手機上爸爸的照片，跟我說這是『外公』。」

——老實說，我本來不太樂意孩子叫他外公，但我也沒跟媽媽說不要這樣。

然而現在不同了，洋子沒想過會有今天。

「好不容易見面了，讓外公抱一下吧！」

洋子說著把兒子抱起來，讓他坐在望月膝上。充也毫不掙扎，乖乖地坐在望月大腿上。充本來就不怕生了，抬頭等待望月的反應。

「這是第一個孫子喔！」

——這是爸爸最後一次抱他了。

洋子極力忍住淚水。

望月僵直了好半晌，終於用大手環抱住充。

「第一個孫子啊——」

他輕聲喃喃道，表情也柔和起來。

——不能哭！

看見父親的表情，洋子的淚水更是忍不住，她望向天花板。

「要是不讓妳結婚，就不會有這個孩子，果然我還是錯得離譜。真是抱歉啊！」

望月說著低下了頭。

——太好了！

他感到十分安心。

這家咖啡店有無論如何都無法改變現實的規矩，那也是「知道的事情無法改變」的意思。也就是說，無論發生什麼事，「孫子出生的事實」不會改變。

——真的太好了！這樣回到過去，我也能夠相信女兒會得到幸福，孫子會出生。

望月在心中雙手合十，感謝這家不可思議的咖啡店的規矩。

「爸爸……」

洋子看著垂首的望月，急忙轉過臉，大顆的淚珠溢出了洋子的眼眶，她再也無法遏制身體的顫抖。

——為什麼我沒有在爸爸還活著的時候回家呢？為什麼要在已經

不能見到他的時候，才發現這麼重要的事？真是個自以為是、沒用的女兒。我怎麼這麼不孝！

後悔和自責讓她心緒激盪。

「外公？外公，怎麼了？」

充在她的背後叫喊著，他疑惑地看著望月。

洋子不用看也能想像，爸爸也哭了。

——能見到去世的父親，本來就是不可能的事。要是錯過這個機會，以後再也見不到面了。所以不是有比述說我的現狀，或是道歉請求原諒更重要的事情嗎？

洋子看著望月面前純白的咖啡杯，側耳就能聽到店裡的落地鐘走動計時的聲音。由於自己在咖啡還沒冷之前就站了起來，所以不曉得咖啡到底何時會冷掉。不過，從望月出現到現在，至少已過了七、八分鐘了。

這樣一分一秒地過去，杯子裡的咖啡很快就會冷卻，誰也無法阻止，馬

上就要跟望月永別了。

「啊！對了。」

洋子拭去淚水，抽著鼻子面對望月，望月也急忙抹掉眼淚。

「我有話一定要跟爸爸說。」

「嗯？」

望月垂著眼，好像在跟充說話似的。

「我私奔離開了家，所以沒說吧？」

「說什麼？」

「就是結婚前一天晚上，女兒一定要跟爸爸說的那句話……」

驀然，望月好像無法呼吸般搖晃著身體。

「別這樣，都什麼時候了。」

他大聲地說道，聲音嚇到了充。

「讓我說。」

洋子並不害怕。

「別這樣。」

「我想你聽我說。拜託，只說一次而已。」

——而且……爸爸再也聽不到了。

淚水再度滑落洋子的臉龐。

望月瞟了洋子一眼，立刻又轉開視線，一言不發輕輕地把充抱下地。

充瞥了一眼望月，走回洋子身邊。

望月皺著眉頭，只把耳朵側過來。

——我聽。

洋子明白了望月的意思，微微點頭。

「爸爸，很抱歉一直讓你操心，真的很對不起！但是，我會幸福的，請您不用擔心。」

洋子說著，朝望月的座位走去，用淚光盈盈的眼眸直視望月。

「感謝您的養育之恩，能當您的女兒，真是太好了。」

說完，她默默地低下頭。

「笨蛋女兒。」

望月哽咽地如此回應。

後來的事情洋子就記不太清楚了。

——應該是女服務生說了話，爸爸一口氣把咖啡喝完，回到了過去。我哭了好一陣子，發現兒子在摸我的頭。

當洋子回到家後，對著望月的遺照雙手合十發誓。

——我會幸福的。

四年前的那一天。

丈夫從咖啡店回來後，就把貼著女兒照片的相簿拿了出來。問他發生了什麼事，他完全不肯說，佳代子猜想他搞不好真的見到女兒了。

不對，絕對見到了。

因為丈夫愉快地微笑看著女兒的照片，這樣的表情已許久不見。

「老公……」

佳代子從廚房喚著專心看照片的望月。

「今天晚上吃蛋包飯喔！」

「蛋包飯啊……」

望月停下翻閱相簿的手，凝視眼前的照片。

「……好，我就來。」

他起身回答。

照片中的洋子也愉快地微笑。

第四話

沒有送出情人節巧克力的女人的故事

「要是有超能力就好了。」

每個人一定都曾經這麼想過吧？

泛稱超能力，其實包括心電感應、透視、預知、念力、漂浮、念寫、超能力治療等許多種類。

八〇年代後半，日本陷入了空前的超能力熱潮。電視上每天都有不必用手就能扭曲湯匙或是移動物體的表演，男女老少都為之著迷。

其中以透視能力特別為大家矚目。

所謂透視能力，據說是指能看出覆蓋的牌面，或是信封和箱子裡的東西；甚至有只要看到一個人，就能知道那人的過去和秘密等等。當然，這種能力可不是誰都有的；通常我們看不到牆壁對面有什麼，也不知道眼前的人在想什麼。

反面的資訊也很多。彎曲湯匙，是利用了金屬疲勞或槓桿原理的力量技能。至於透視則是有他人幫忙，展現這些能力的人經常和要揭露內幕的人

對立。

然而，若真的能讀取對方的心情，又是如何呢？

要是談戀愛的話，能夠看透對方心情，就能將被甩的風險降到最低。

「我喜歡你。」

大家有沒有說出這句話的經驗？

告白最困難的地方，就在於不知道對方的心意。那就像看不見牆壁的另一面一樣，只要不是超能力者，就沒辦法知道對方的心意。

而且心意沒有形狀，每天都會改變，若錯過了告白的時機，可能就失之交臂了。

☕

這裡也有一個無法越過膽怯的壁壘、沒有傳達自己愛意的少女。

——沒有交給他。

伊藤紬從三樓的教室目送離校的七瀨隼人，深深嘆了一口氣，她手上拿著一個綁著可愛緞帶的盒子。

「膽子丟了嗎？」

松原彩女站在她身後問道。

彩女與皮膚終年偏黑的紬不一樣，同樣參加游泳社，皮膚卻白嫩透明，睫毛彎彎眼睛大大。

「好可惜！錯過一年一度的好時機……」

「說的好，彩女殿下！」

紬皺起臉來。

這一天是二月十四日情人節，是日本是一年一度，女性對中意的男性送巧克力的日子。

情人節的來源，可回溯到三世紀的羅馬。

當時的羅馬帝國皇帝認為，士兵不肯去打仗，是因為不想離開家人和情人，於是他禁止士兵結婚。

有一位基督教的神父瓦倫丁，覺得不能結婚就得上戰場的士兵很可憐，便偷偷替許多士兵舉行了婚禮。

皇帝知道之後大為震怒，命令瓦倫丁不得違法。瓦倫丁闡述愛的重要，他違反了皇帝的命令，因而被處決。

後世讚許神父的勇氣，將他被處決的二月十四日命名為〈聖瓦倫丁日〉，也就是俗稱的情人節。

舊曆的二月十四日是春天的開始，也是鳥兒求偶的季節，很適合愛的告白，因此便成了送禮求婚的「情人節日」。

「嗚嗚嗚——唉唉唉——」

「甭哭、甭哭，可愛的臉全糟蹋了。」

「安慰無用。」

「什麼安慰。喏，用這個擦眼淚吧！」

彩女把淺藍色的手帕遞給紬。

「多有勞煩。」

兩人的對話總是這麼奇怪，聽說這是武士用語，在日本的古裝劇裡才會使用的言詞。

「可悲的傢伙。既然如此戀慕，何以不交付於他？」

「甭問，再問要哭了。」

——要是我跟彩女一樣可愛的話……

紬在心中默默地嘆息道。

誰都有過「喜歡」別人的感情。

青春期的初戀既純粹又有點夢幻，回想起來會覺得為什麼會喜歡那樣的人呢？連自己都覺得不可思議。

人為什麼會喜歡別人呢？有種說法是為了留下子孫，刻在遺傳基因裡的機制，但牽涉到的複雜感情完全不止於此。

總之，紬的喜歡無法傳遞給對方，若只是要傳宗接代的話，根本不需要「喜歡」這種感情。

「這是為了阻止人口增加。」

要是這麼說的話，就更本末倒置了，簡直無聊至極。

對喜歡的人傳達自己的心意，絕對不是壞事。被人說喜歡而不高興的情形很少，能傳達好感是幸福的。

然而，就是辦不到。為什麼呢？只是說一句「喜歡」而已，心中卻有一堵牆；並不是物理的牆，而是心理的牆壁。人在自己築起的牆壁之前，抑制了自己的行動，因為不知道牆壁的後面到底是什麼？

人懼怕未知，無法向前，但牆壁的另一頭到底有什麼呢？那是對方的「心情」，被牆壁擋住看不到的對方的心情。

這頭的「喜歡」，對方未必也會以「喜歡」回應。要是能稍微窺看牆壁的另一邊，得知對方心情的話，牆就低到能跨越的程度了。

也就是說，牆壁是擔心對方會不會拒絕自己心意而形成的，而這堵牆的高度會因為過去的經歷而增加。

紬內心有創傷。

「我喜歡的是彩女，抱歉啦！」

中學時，紬告白的對象跟她這麼說。

同班相處得很好的男同學，周圍的人也都起鬨說：「你們要不要交往呀？」紬就有了這種心思。只不過，那位男同學的眼裡並沒有紬。

紬沒有告訴彩女自己為何被甩。

「甩了紬的人，真是蠢貨！」

彩女不屑地哼了一聲。

現在是高中最後的情人節。

紬還是沒有把巧克力成功送給七瀨隼人，正是因為想起了當年的創傷。

——要是七瀨也說同樣的話，那我可能就再也過不了情人節了。

最後準備好的巧克力並沒有交給七瀨，反而消失在紬的父親的肚子裡。

☕

「喜歡城堡嗎？」

紬到現在還記得彩女對她說的第一句話。

彩女是初一的暑假前轉學過來的。

當時紬正在看放假時終於買到的城堡圖鑑，突然有人從背後探頭過來跟她搭話。

「不是，也沒有很喜歡……」

紬下意識地回道，但她說謊了。

彩女非常漂亮，聽說在她轉學當天，就有十個男生跟她告白。這種好像漫畫裡出來的美人竟然跟她搭話，讓紬不由得慌張了起來，不知該怎麼回答才好。

試著想像一下。妳是一般平凡家庭長大的孩子，在家附近散步，穿著灰色的外套和同色的體育褲和涼鞋；由於只是散散步而已，所以穿的就跟在家裡一樣隨便。突然後面開來一輛保時捷，在妳旁邊停下，車上下來一位渾身名牌的知名好萊塢明星，完全是不同世界的人。

然後那個好萊塢明星卻說出：「很好看的涼鞋吔！」這種作夢也想不到的話。

「看妳這窮酸樣真是倒胃口呢！」這麼說還比較像真的。

然而並非如此，涼鞋獲得了稱讚。

她該怎麼回答這個好萊塢明星的問題呢？

「穿起來很舒服，要穿穿看嗎？」

不可能這麼說吧？一般人不會跟好萊塢明星說：「一定很適合妳。」

這也未免太失禮了。

總之，紬被彩女的美貌震懾了，而這種令人目眩神迷的美人，是跟自己活在不同的世界。

「我還是喜歡竹田城。」

彩女在紬的耳邊輕聲道。

「哎？」

「竹田城啊！妳不會不知道吧？」

彩女說的話總是讓紬歡喜異常。

「天空之城！」

不是動畫電影。

竹田城位於兵庫縣，建在標高約三百五十公尺的山頂上。這座山看起來像是臥著的老虎，所以別名「臥虎城」。這個地區秋天晴朗的早晨常會有濃霧，晨霧籠罩著竹田城跡，看起來像是浮在雲海之上，因此不知何時有了〈天空之城〉這個稱號。

對紬來說，天空之城就是〈竹田城跡〉。

「築城當時是土方工程，到了赤松廣秀的時代就全部都是石造的了。廣秀幹得不錯吧？」

紬很高興彩女知道這麼多。

「我，我喜歡熊本城。」

「加藤清正！喜歡清正嗎？」

「不是，我喜歡城堡的形狀，特別是石牆。清正從進江國帶來的石匠團建造的石牆翻新之後，我一看就好激動，覺得一定要上去看看。」

「柵欄是吧？真開心，第一次碰到看見石牆會激動的女孩子。」

「還有，我喜歡熊本城的千鳥破風。」

「破風的話，我喜歡姬路城的。」

「姬路城也是數一數二的，但我還是最喜歡熊本城。」

紬開心得簡直要上天了。她一直沒有喜歡歷史、喜歡城堡的朋友可以聊天，而這個好萊塢明星竟然跟她穿同一雙涼鞋，讓她湧起了親近感覺。

從那之後，彩女就成了紬的好朋友。

彩女和紬初中畢業之後，上了同一所高中。

偶然的是，自從認識之後，她們一直都同班。彩女說這是命運，紬覺得很幸運。

此外，兩人從高中就開始使用武士語交談。

有一天紬忘了帶便當，不知怎麼辦才好。彩女知道了嘴裡說著：「真沒辦法。」還是將自己的便當分給她。

「多有勞煩。」

紬客氣地低頭說道，兩人在教室的角落大笑起來。

紬已經忘記是在笑什麼了，但她們兩個是可以一起發笑的朋友，也是喜歡歷史的御宅族。在這個瞬間，她們以武士語共享了只有兩個人的世界。

☕

情人節結束後，馬上就是畢業典禮，紬和彩女準備要上同一所大學。

在畢業典禮結束之後，她們一起去了神保町一家叫做〈纜車之行〉的咖啡店。

店裡除了她們之外，只有最裡面的桌位上坐著一位白色洋裝的女性。

「兩位殿下久等了，此乃鹽焦糖烘焙茶拿鐵是也。」

大眼睛的女服務生用奇怪的口吻跟她們說話。

這個女服務生叫做時田計，正是在學她們說話。她非常喜歡這種古怪的武士語，平常也用武士語來招待客人，讓流十分困惑。

「多有勞煩。」

彩女回答。

「請慢慢享用。」

計微笑著點點頭，轉身走回廚房。

「請。唉，畢業典禮實在難熬。」

紬把吸管插進鹽焦糖烘焙茶拿鐵裡，吁了一口氣。

「大家都一副此生再也不見的樣子，真是無法理解。想見面隨時都可以見，不是嗎？」

「誠哉斯言。想見七瀨的話，隨時也能見到。」

「嗚嗚……」

紬把手放在胸前，表情扭曲。

自從那天之後，每次看見七瀨，紬都會嘆氣，彩女一直看在眼裡。

「請勿提及七瀨之事，傷口尚未癒合。」

「失敬了。」

彩女露齒一笑。

「與其談此……」

「何事？」

「妳這傢伙，為何踢了東大？」

彩女一時之間沒有回答紬的問題，只是盯著手邊的鹽焦糖烘焙茶拿鐵。

彩女的成績一直都是年級頂尖的；紬的成績雖然不差，但上不了東大。

「那是自然。」

「什麼自然？」

「自然是要跟妳這傢伙上同一所大學啊！」

彩女認真地回答。

「咦？」

紬不知道彩女是認真的還是開玩笑，但如果真是因為這樣而放棄東大的話，她完全無法理解。

「妳，妳這傢伙是認真的嗎？」

紬震驚的樣子讓彩女笑出聲來。

「什，什麼？為什麼，笑？」

「當然是說笑的啊！根本一開始就沒想上東大。現在錄取的大學，要是考上了的話，可以選擇除了教職以外的工作，我才去報名的。」

彩女的父親是大學教授，母親是中學校長，兩個哥哥也是高中老師，他們是教育之家。

然而，紬知道彩女的夢想是照顧老年痴呆患者，而且紬要去上的大學以護理系出名。

「請勿驚嚇在下。」

「抱歉、抱歉。」

「對了……」

紬突然俯身過來，放低了聲量。

「這家咖啡店某個座位可以回到過去的傳聞，是真的嗎？」

「嘻嘻嘻，是真的喔！」

彩女好像正在等紬這麼問。

「是哪裡？坐在哪個位置才好？」

「吾等後方的座位。」

「唔？」

紬望向彩女身後，那個白衣女子坐著的位子。

「不是有人坐著嗎？」

「正是如此？」

「那該如何是好？」

「根據傳聞，那位一天會上一次茅房。」

「去茅房？」

「到時趁機坐下。」

「然後呢？」

「就可以去想去的時間點了。」

「原來如此。」

「紬，要是能回到過去的話，妳想回到什麼時候？」

「吾嗎？吾自然要回到一四六九年到一四八七年。」

「莫非是……」

「正是如此。看一眼就好，想親眼看見熊本城的石牆建造的樣子。這是

吾的夢想呢！」

「真是遠大的夢想，不回到過去是無法實現的呢！不愧是紬。」

「彩女，汝欲回到何時？」

「在下嗎？在下尚未決定。」

「怎麼了嗎？」

「太多了無法抉擇啊，沒辦法只選一個。」

「這樣啊！那就等殿下決定了再回到過去吧！」

「嗯，還請稍待。」

這家咖非店雖然可以去到想去的時間點，但沒有辦法離開座位，更別提離開咖啡店了，甚至還有限制時間。能回到過去，只有在一杯咖啡冷掉之前短短的幾分鐘。沒辦法像紬希望的那樣，去看城堡建造。

在這之後，兩個人就沒有再一起來過這家咖啡店了。

放春假時，紬聽到了一個奇怪的消息。

「七瀨隼人跟彩女告白，然後被拒絕了。」

紬不知消息真假，但令她動搖的是，完全沒聽彩女提起這件事。

——為什麼？完全沒有必要隱藏吧？

中學發生的事，彩女應該完全不知情，只有紬知道這是第二次受傷。

那麼，彩女為何沒有告訴紬七瀨跟她的事呢？

——因為知道我喜歡七瀨，所以顧慮我的感受？

紬聽說了這件事之後，感到前所未有的焦躁，她兩次喜歡的人都暗戀著彩女。紬當然也知道這不是偶然，但情感上就是無法理解。

——為什麼是彩女？

若是其他的女孩子，那就沒辦法，只好放棄。要是不知名字跟長相，她或許可以在彩女面前痛哭一頓，然後拋在腦後。

然而，事實卻非如此。

——我喜歡的人，全都喜歡彩女。

——彩女比我好。

——我到底哪裡不行？

——因為彩女很可愛？因為我沒有魅力？

紬內心一直很煩惱。

——其實彩女什麼都沒做，並不是她搶走了我喜歡的人，只是我喜歡的人剛好都喜歡上彩女而已。他們選擇了彩女，而不是我。儘管只是這樣，我心中還是對彩女產生了負面的情緒，甚至覺得要是沒有彩女就好了。要是，要是發生第三次呢？

紬心裡希望彩女告訴自己被告白的事，只是彩女若真的跟她說了，自己可能會更不舒服吧？

這兩種完全相反的想法，不斷地在她心中交戰。

——彩女應該也不知道怎麼跟我說才好。

——不管怎麼說，一定都會讓我覺得不如她。

——不想聽，不想知道。

這是紬做出的結論。

在那之後，紬就一直避著彩女。

紬是在放春假時聽到這個傳聞。當大學開學之後，由於不同系，跟高中時不一樣，不會每天都見面，所以她一直都沒有見到彩女。

這個時候的某一天。

紬在校園裡跟要好的男同學走在一起，突然碰到了彩女。彩女見到很久沒見的紬，和以前一樣用武士語跟她打招呼。

「啊！紬，久違了，是否無恙？」

「啊！嗯。」

「在下已然決定。」

「什麼？」

「那家咖啡店，不是據說可以回到過去嗎？」

「哦，嗯，那個傳說啊！」

「怎麼啦？」

「沒有，我得去上下一節課了。」

「這樣啊！打攪了。許久未見，十分歡喜。」

「嗯，掰掰。」

「嗯。」

紬在男同學面前生硬地回答，設法糊弄過去。

彩女的態度跟以前毫無不同，讓她有罪惡感。而「七瀨跟彩女告白」這個沒有根據的傳言，仍舊在紬腦中徘徊不去。

——現在暫時保持距離吧！等我整理好心情，還是能跟以前一樣要好的。

紬這樣說服自己。

然而，之後的發展卻不如人意。

「那是伊藤小姐的朋友？好可愛的女孩子。下次介紹給我吧？」

跟紬走一起的男同學，如此說道。

「啥？」

紬的心理防線崩潰了。

——又來了。

她不悅的原因，是嫉妒。

——跟彩女在一起，我是無法得到幸福的。

從那天開始，紬就刻意躲避彩女，一直到大學畢業都沒有跟她聯絡。

「這是六年前的事了。」

紬說完，看向在櫃臺後面工作的時田數，她期待著數會有同感，並對她說出：**因為一點小事就疏遠，我明白的。**

然而，數只是不帶任何感情地說了三個字。

「這樣啊！」

數是這家咖啡店的女服務生，負責泡能回到過去的咖啡。她皮膚白皙，擁有一雙鳳眼，雖然長相端正，卻沒有特出之處。一言以蔽之，就是沒有存在感。

數的話很少，不是紬期待的那種會迎合別人話頭的人。

反而是另一位身穿和服、坐在櫃臺位子上的女士十分不以為然。

「妳真的很差勁吔！」

這位女士叫做平井八繪子，她一直到三年前都在附近開一家小酒館，原本是這家咖啡店的常客。現在她在宮城縣仙台市的青葉區，經營一間創業

一百八十多年的有名旅館〈寶藏〉。

每年這個時候，平井都會來到這家咖啡店，待上幾個小時。她曾經為了見死於車禍的妹妹而回到過去。那天是八月二號，三年前的今天。

「哎？」

只不過是剛好在同一家店裡，紬從來沒見過平井，而且突然被陌生人說「很差勁」，讓紬感到十分尷尬，她並沒有想要徵詢他人的意見。

而且非但沒人跟紬有同感，反而還批判她。

——這跟妳有什麼關係。

紬忍住要脫口而出的反駁，她沒有膽量跟不認識的人表達自己的心情。

「不管怎麼看，那個叫彩女的孩子都是為了跟妳上同一所大學，才放棄東大的，不是嗎？妳怎麼連這一點也不明白呢？那個孩子太可憐了。」

平井繼續說道。

「對，對不起！」

紬被平井莊重的打扮和氣勢壓倒，一面道歉一面用眼神向櫃臺後的數求助，只是數並沒有看她。

——哎，幫幫我啦！

紬連這句話都說不出來，狼狽萬分。

「因為自己喜歡的男生跟朋友告白而不高興，我最不喜歡這種人了。」

平井轉身朝向紬，進一步追打。

「平井小姐。」

這下子連數也沒無法假裝沒聽見了。

然而，平井的說教並沒有打算停下來。

「戀愛啊，本來就是弱肉強食。像妳這樣因為沒有在情人節把巧克力送出去，就一直翻來覆去想不開，結果只能嫉妒別人的女人，不可能得到幸福吧？喜歡就喜歡，不行的話下一個會更好。轉換心情，男人到處都是，把眼光放長遠。只是乾等著，好男人是不會自己送上門來的。說出喜歡就

贏了，男人也在等著看妳要不要表態。說就是了，被拒絕也沒關係。猶豫不決就輸了，知道嗎？」

「知，知道了。」

平井雖然話說得很難聽，卻很直白，有種不顧一切豁出去的痛快。

不過，被罵的紬可就不好受了，簡直像是在傷口上灑鹽，她難堪地低下頭，緊咬住嘴唇。

「平井小姐，說得太過了。」

看見紬的樣子，數很難得地開口調停。

「因為那個叫彩女的孩子太可憐了啊！我討厭這種因為嫉妒而破壞感情的人。結果還不是覺得自己最重要？」

「對不起。」

紬不由得再度道歉，而且平井的話戳中了自己的痛處，讓她有種釋然的感覺。

——搞不好我一直希望有人指謫出我的錯誤。

紬內心忖度著，覺得平井的話像刀刃一般，將自己內心負面的感情一一削落。

平井一開了口就停不下來。

「要是跟那個叫做七瀨的男生交往，搞不好會發現他只是個長得好看的渣男也說不定。男人不交往是無法瞭解的。看起來很強悍的粗獷男跟妳獨處的話，可能會像小孩一樣撒嬌；看起來很正直的男人也可能會出軌。七瀨跟彩女告白被拒絕了，對吧？這不是個好機會嗎？啥，已經是好多年前的事了？曾經有機會的，根本不應該鬧彆扭。溫柔地安慰被甩的男人，可能立刻就到手了。對方喜歡誰根本無關緊要，重要的是妳對人家的感情吧？看妳有多喜歡他，不是嗎？」

「沒錯。」

紬覺得平井說得對，現在二十八歲的她就能明白這個道理。要是能再重

來一遍的話，她很想讓過去的自己聽到平井這番話。

——那個時候我太年輕了。

沒有多少戀愛經驗，只讓感情支配的年紀，結果就落到今天的地步。

「我想回到那一天。」

她後悔了，所以再度來到這家咖啡店。

三天前，紬第一次參加高中同學會。

畢業之後收過好幾次邀請，紬卻覺得跟彩女見面會十分尷尬。這次之所以參加，是因為七瀨當上了幹事，直接跟她聯絡。聽他說，之前的同學會彩女只去過第一次。

說是同學會，由於畢業已很多年，參加的人也不是那麼多，連同紬和七

瀨加起來，差不多才十個人。

參加者幾乎都還是單身，與其說是同學會，不如說是拉酒伴一起喝酒。三十歲大關就在眼前，紬覺得應該有人很著急。

大家興致勃勃地聊起高中時代，誰喜歡過誰的話題。當然，紬喜歡的對象就在眼前，她不可能老實說，就提了一個不在場的男生的名字，沒想到大家全炸了鍋。

「完全不知道！」

「真的嗎？」

這時，不知誰蹦出一句話——

「我以為，紬在跟彩女交往呢！」

「我也是。」

「我也……」

大家紛紛附和。

「啥？我跟彩女？」

「因為妳們感情好得要命，總是同進同出，還講奇怪的話，不是嗎？」

「不，那只是……」

——果然是高中生會有的幼稚見解。

原來大家是這麼看待的，紬不由得嘆息。

「我覺得很好，我沒有偏見。啊！但我覺得女生跟女生沒關係，男生跟男生就可能不行了。」

「在我看來是相反吔！耽美很好，百合我不行。」

「這就是偏見，知道嗎？」

高中時代紬是城堡宅，對於這些在背後擅自八卦她和彩女關係的同學們，她完全沒有印象。

——一定只是當閒聊的話題，否認也太麻煩了。

紬又在心中嘆氣。

「都是以前的事了，現在我有老公的。」

紬說著，舉起左手讓大家看無名指。

「哎？結婚了嗎？怎麼沒發喜帖？」

「沒有舉辦婚禮。」

「為什麼？」

「我不喜歡。」

畢業典禮也是。

紬很不喜歡儀式感的東西，因此結婚也只是去辦理了婚姻登記，她甚至覺得這種手續都沒必要。

「不是啊！女孩子不是都想舉辦婚禮的嗎？」

「是嗎？」

「我可能想辦。」

「對方是誰？」

「正在募集中——」

大家繼續閒聊，但紬的腦子卻異常冷靜。

——我和彩女到底怎麼回事，現在根本沒人在乎。說是同學，但都多少年沒聯絡了。這裡面有好幾個人在畢業典禮那天哭著說不想分開的吧？現在一定連自己哭過都忘記了。以前那麼喜歡七瀨，現在卻毫無感覺。為什麼那時會暗戀到因為他跟彩女告白而受傷呢？這麼想來，彩女的事也已經過去了。要是彩女在場，一定也會笑著說：「啊，陳年舊事呢！」現在的彩女是現在，我對她而言，也只是一個十年都沒聯絡過的以前的朋友。一切都已經過去了，一定只有我一個人糾結不已。忘了吧！反正再怎麼想過去也無法改變……

紬拿起眼前的啤酒杯，一飲而盡。她想就把今天當成普通的聚會，聊聊天喝喝酒應該也不錯。

「這麼說來，第一次開同學會時，也跟彩女提過這件事呢！」

有人倏忽說道。

「什麼？」

紬想起七瀨通知她要開同學會時曾說過，彩女參加過第一次的同學會。

「彩女跟紬交往啊！」

「咦？」

「行了行了，別說了。」

七瀨出聲阻止。

「為什麼？你不是也在場嗎？那個時候大家都起鬨說：『是啊！是啊！』沒想到她突然哭起來……」

——哎？

「好了，到此為止！」

七瀨雙手一拍，改變了話題。

「好，去續攤吧！」

「續攤？去去去！要去哪裡？」

提起彩女的男人已經喝醉了，聽到他的名字紬也毫無印象，完全想不起來有過這個人。然而，這個一定不會再見面的男人所說的話，卻讓紬心裡亂成了一團，而搗亂的始作俑者現在滿腦子只有續攤。

「那個……」

她想問：彩女為什麼哭？

「我之後再跟妳說吧！」

七瀨卻阻止了她。

來到續攤的場所，紬等大家熱鬧起來之後，把七瀨叫到店外，她想聽剛才的後續。

時間是九點多一點，七瀨先說了現在這幾個人常聚在一起喝酒，然後開始講起彩女的事。

「我先確認一下。」

「什麼？」

「妳有多瞭解彩女？」

「你是什麼意思？」

紬疑惑地把頭歪向一邊。

七瀨看了一下周圍，等了好半晌，簡直像是在確認彩女沒有躲在哪裡偷聽一樣。

「其實，我以前曾經跟彩女告白過，就在高中畢業的那個春假。」

「這樣啊！」

紬真的吃了一驚，那時在畢業典禮之後，聽到傳聞就讓她非常震驚了。

雖然對七瀨有點沒禮貌，但現在聽到他本人這麼說，紬卻沒有絲毫地動搖，因為她更關心彩女的事。

「然後呢？」

「啊！嗯，其實我從高一的時候，就喜歡同班的彩女。」

「我不知道。」

紬試圖露出訝異的樣子，但不太成功。

——我不需要這些資訊，當時的我聽到可能會抓狂就是了。

「我為了跟彩女上同一所大學拼命唸書，終於考上了東大。她卻放棄了東大，不是嗎？」

「嗯……」

紬回想起當時的情形。

彩女擁有紬想要的一切，人長得漂亮又聰明，不用努力就什麼都能辦到，而且當時紬喜歡的對象也喜歡她。

無法遏制的嫉妒，再度在紬的心裡滋長。

「我真的大吃一驚，平常人不會放棄東大吧？我本來以為上了大學可以慢慢拉近關係，再跟她告白的。」

七瀨說著聳了聳肩。

紬想像不出當時他有多震驚，但現在已經可以笑著說出來了。

「我著急了起來，立刻跟她告白然後被甩了……」

嘟——嘟——嘟——

「啊！對不起，我可以接嗎？」

是七瀨的手機響了，他看了一下說道。

「請。」

「什麼事？怎麼了？今天我參加同學會啊！」

從七瀨的口吻可以聽出是他女朋友打來的。

紬焦躁不安，她不明白七瀨被甩和彩女在同學會上哭有什麼關連。

只不過，她明白了一件事……

——剛才我聽到彩女哭了，心裡某處竟感到滿意。

這就叫做幸災樂禍。

細聽到彩女不幸，產生了幸福感，所以她想知道究竟。

——她為什麼哭？

嫉妒，從內心深處湧起的負面情感，正在希冀彩女的不幸。

七瀨的拖拖拉拉讓她不悅。

——真想早點知道彩女為什麼哭。

這種期待便是證據。

——啊，真討厭！

她不想正視自己，覺得自己比不上彩女，並且詛咒這個世界不公平。她不想知道自己是這樣的人，所以她只能和彩女保持距離。

這並不是解決之道。

——只是強行壓抑而已。

嫉妒的火焰並未消失，另一方面，她又想起了其他的事。

——其實我真的想當彩女的朋友。不嫉妒彩女，能在她身邊開心

地笑，想一直當她的朋友。不管是難過還是悲傷，都能跟她共享。這樣的關係才能長久下去，至少在高中時能持續。

她們的關係並沒有繼續下去，多年不聯絡，她甚至不知道彩女在哪裡。

紬深深嘆了一口氣。

——我不想再這麼悲慘下去了。聽了彩女哭的理由，我可能會獲得某種滿足，卻也失去做人最重要的特質。媽媽生下我時，想著：「希望她長大成為溫柔的人。」現在她一定會有罪惡感，為我長成了因嫉妒而發狂，因別人不幸而開心的人。

紬感到渾身無力，對七瀨的不耐也消失得無影無蹤。

「算了，回家吧！」

紬抬頭望天，不由得脫口而出。

她正打算從包包裡拿出錢包支付續攤的錢時，七瀨講完電話了。

「對不起、對不起，我們講到哪裡了？」

「算了，不用了，我要回家了。」

「啊！對了對了，我被彩女甩了，是吧？」

七瀨彷彿沒聽到紬說的話，逕自說下去。

——還是跟以前一樣不聽人說話呢！

紬無奈地輕嘆了口氣。

「那個時候她跟我說她有喜歡的人了。」

「哎？」

紬愣住，一時之間懷疑自己的耳朵，因為她從來沒聽彩女有喜歡的人。

——不是啊！從初中開始就同班，卻從來沒聽說過彩女喜歡誰。

紬曾經對七瀨之外的社團學長學弟有興趣，那個時候彩女也只是笑著聽她說。

——彩女竟然有喜歡的人。

雖然是將近十年前的事了，她還是錯愕不已。

「是誰呢？」

紬不禁脫口而出，手裡拿著錢包和鈔票，等待七瀨的回覆。

「這是我自己的推測啦！其實是怎麼樣也沒人知道……」

七瀨搔搔腦袋，避開紬的視線。

「什麼？」

「彩女是不是喜歡妳呀？」

「蛤？」

剛才七瀨阻止了大家八卦紬和彩女，現下自己又這麼說，著實讓紬摸不著頭腦。

「開什麼玩笑。」

「不是開玩笑。因為很奇怪啊！她那麼受歡迎，卻拒絕了所有人的告白。這樣的話，只能推斷……」

「咦？」

七瀨認真的神情，讓紬發現這跟剛才說「以為妳們在交往」的重點不一樣。

「彩女喜歡我？」

對紬而言，她們並沒交往過，所以不用特地否認這個話題，而彩女應該也是如此。

然而，身為女性的彩女喜歡身為女性的紬，這就不一樣了。

要是彩女不想讓別人知道這件事，而七瀨因此懷疑起彩女跟紬的關係，受到驚嚇也不奇怪。

「騙人的吧？」

「在同學會時，她說不要告訴紬，然後就哭了起來。所以她一定是不想讓妳知道她是那樣的吧？」

七瀨沒有把話說得很明白，但紬知道七瀨想說什麼。

——彩女喜歡同性的紬……！

紬突然覺得頭暈眼花。

「怎麼這樣……」

她只把彩女當女性朋友，不，是喜歡歷史最聊得來的阿宅朋友。要是自己不嫉妒她的話，想跟她當好朋友，就只是這樣而已。

看著沈默不語的紬，七瀨嘆了一口氣。

「現在也沒辦法確認了……」

他彷彿自言自語般地說。

「……哎？」

「哎？」

「沒辦法確認，是什麼意思？」

「咦？」

「沒辦法聯絡上她嗎？」

紬的反應明顯讓七瀨吃了一驚。

「咦？難道，妳不知道？」

——有種不好的預感，不想聽下去。

「……知道什麼？」

但不能不問，紬的心跳變快了。

「我也不清楚，好像是癌症還是什麼的……」

「癌症？」

「同學會的第二年吧！所以已經是七、八年前的事了。」

——我想起來了。

「騙人的吧？」

「對不起，沒想到妳不知道。不，其實我也是事後才知道的。葬禮沒有通知任何人，但我以為會通知妳……」

「怎麼這樣……」

「妳還好嗎？」

——就是那個時候，那個時候，彩女跟我聯絡了。

紬用雙手掩住臉，呻吟出聲。

「我有重要的話要跟妳說，想見個面。」

「我在那家有個不可思議的傳說的咖啡店等妳。」

不知道彩女那個時候想跟她說什麼？

只不過，紬完全誤會了彩女的意圖。

——現在才想跟我說七瀨向她告白過嗎？

她當時是這麼認為的。

——來不及啦！

於是她決定不予理會，但她錯了。

那天，紬像逃難一般離開了七瀨。

「雖然我不知道真相，但我完全沒有考慮彩女的心情，沒有理會她的聯絡。要是她在等我的話，那我想回到過去見她。拜託了，請讓我回到她來這家咖啡店等我的那一天。」

紬說完，深深地低下頭。

「嗯嗯，原來如此、原來如此……」

一直坐在櫃臺位子聆聽的平井，起身走到紬面前。

「那麼就快點去見她吧！」

「哎？」

「真是的，有這麼重要的理由，怎麼不早說。客氣什麼呢？她說她在等妳不是嗎？」

「是，是的。」

「那就去吧！既然如此，越快越好。」

平井剛剛還在責怪紬，現在卻搖身一變成為她的支持者。

紬也想快點回到過去與彩女見面。

只不過有個問題——

「回到過去的話，必須等到那個人離席時才能去坐，對吧？」

紬望向坐在咖啡店最裡面桌位的白衣女子。

「哎喲，妳很清楚吔！」

「我高中的時候聽過傳聞而已。」

紬的視線從白衣女子移到收銀機上面的相框，相框裡的照片是時田計，紬還記得計用武士語跟她們說話的樣子。

「這樣啊！這樣啊！」

平井不慌不忙，規矩她也很清楚。

「阿數，可以幫她那樣嗎？」

平井詢問櫃臺後面的數，並做出倒東西的手勢。

紬完全想像不出平井這是在做什麼。

「我知道了。」

數在櫃臺後說完，靜靜地走進廚房。

「到底是怎麼回事？」

「其實啊，有強迫她離開座位的辦法喔！」

「咦？」

散發出 Jimmy Choo 淡香水氣息的平井，大大的眼眸看向坐在最裡面桌位的白衣女子。

「沒問題，馬上就讓妳回到過去。」

她妖嬈地一笑。

過了一會兒，數拿著玻璃咖啡壺從廚房出來了，一整壺咖啡。

「咖啡要續杯嗎？」

數站在白衣女子旁邊，問道。

紬用眼神表示疑惑，平井抬起下巴無言地示意：妳等著看吧！

「拜託了。」

白衣女子回答，慎重地把手上的書闔起來，接著把眼前的咖啡一口氣喝完，數再度往空咖啡杯裡斟滿了咖啡。

——這是在幹麼呢？

紬歪著頭，不懂這是怎麼回事。

數接下來的舉動卻讓她大吃一驚。

「咖啡要續杯嗎？」

「咦？」

紬不由得驚呼出聲。

只見白衣女子又把續杯的咖啡一飲而盡。

「啊！那個……」

紬不由得想要干涉，卻被平井制止。

「沒關係的。」

「但，但是……」

紬還是有所疑慮，但耳邊卻傳來白衣女子的請求。

「拜託了。」

「哎？」

她看著白衣女子跟剛才一樣，一口氣把杯裡的咖啡喝光。

——這，這是怎麼回事？

紬還來不及表示驚愕，數又立刻往空的咖啡杯倒咖啡。

「咖啡要續杯嗎？」

她繼續問道。

紬錯愕地看著這個過程重複了三遍。

「那是……」

「數問她要不要續杯的話，她是不會拒絕的。」

「為什麼呢？」

「因為規矩是這樣。」

「規矩？」

「是的，規矩還有很多不是嗎？回到過去無論如何努力也不能改變現實、只能見到來過這家咖啡店的人等等，這些囉唆的規矩之一。」

「所以，難道是……？」

平井望著續杯和喝咖啡的兩人。

「就是這樣。」平井喃喃道。

白衣女子這時已經喝完第五杯咖啡。

「……間。」

她猛然站了起來，低聲道。

「哎？」

聲音太小聽不清楚，紬不由得皺起臉來。隨即她就發現白衣女子穿過紬和平井的中間，直奔洗手間。

「去吧！位子空出來了。」

平井拉著感到困惑的紬的手，讓她在能回到過去的位子上坐下。

「妳知道規矩吧？」

「哎……啊！知道。」

「OK。」

「但是真的見到她的時候，我該說什麼呢？」

「她不是在等妳嗎？」

「咦？」

「她一直在等妳啊！」

平井長睫彎彎的大眼凝視著她，眼神不只有認真，還有彷彿萬分悲哀的沈重感。

「所以，快去吧！」

「為什麼突然這樣……」

紬想知道素昧平生的平井，為何會突然如此積極地幫助她。

「我的妹妹也等過我，一直在等。」

「哎？」

「最後她死了，出了車禍。」

「這樣啊！」

紬明白了平井眼底深處的悲哀。

「我到現在還在後悔。為何當時沒有對妹妹好一點？為何沒有好好聽她要說話？我真是個惡劣的姐姐。」

平井紅了眼眶，哽咽了起來。即便如此，她還是說出了自己的感受，可能是對紬的後悔感同身受。

「即使去見了妹妹，我也救不了她，也知道就算道歉也沒無法讓妹妹起

死回生。就算是這樣，我還是去見她了，因為我想再看妹妹一眼。我對妹妹做了很多很多過分的事，但我還是非常喜歡她。」

紬聽著平井的話，不禁咬住下唇。

「就算嫉妒，妳還是很喜歡她，不是嗎？」

「是的。」

「妳後悔那個時候為什麼做了那種事，對吧？」

「是的。」

「那麼就去吧！反正無論說什麼，現實都無法改變，想說什麼都說出來就好了。」

平井流著淚露出微笑。

「我知道了。」

紬在能回到過去的椅子上坐直了身子，吁出一大口氣。

這時，數從廚房走過來，平井則在櫃臺位子上坐下。

「準備好了嗎？」

數手上的托盤放著銀咖啡壺和純白的咖啡杯，她把空的杯子放在紬前面後，一雙鳳眼看著紬。

「我會為您倒咖啡。」

到了關鍵時刻，紬才感覺到自己周圍的空氣比剛才涼。在此之前沒有什麼存在感的數，現下帶著很大的壓迫感，店裡也突然充滿了緊張的氛圍。

「回到過去的時間，僅限於杯子裡斟滿了咖啡，到咖啡冷掉為止，這樣明白了嗎？」

數淡然地繼續說明。

「好，好的。」

紬不由自主地回答。在她看來，咖啡完全冷掉大概是十到十五分鐘。說短是很短，但這是規矩決定的，沒有辦法改變。

——我不覺得她會原諒我。

紬雖然感到不安，卻還是下定了決心。

——要是不去的話，一定會後悔一輩子。

這點她毫不懷疑。

「拜託了。」

紬看著數的眼睛，清楚地說道。

數也感受到了紬的決心，微微點頭。

「那麼，」

數輕聲道，舉起銀咖啡壺。

「在咖啡冷掉之前。」

話聲一落，咖啡無聲地注入杯中，天花板上的吊扇映在毫無波動的漆黑表面上。

——真好看。

紬盯著這杯咖啡，內心不由得感嘆。

斟滿的咖啡緩緩升起一縷熱氣，紬看著熱氣突然覺得昏昏欲睡，頭暈目眩起來。

——怎麼會在這個時候想睡覺？

紬困惑地想試著用手揉眼睛，卻訝異地發現自己的手跟咖啡的熱氣已漸漸化為了一體。

「咦？」

周圍的景象開始晃動扭曲起來。

——身體飄起來了？

「等一下、等一下！」

紬驚恐萬分，不明白到底發生了什麼事，她甚至不知道自己在對誰說「等一下」。

紬陷入慌亂之中，周圍的景象卻開始從上往下移動，意料之外的狀況讓紬像是在坐雲霄飛車一樣尖叫起來。

「救命啊————！」

在逐漸模糊的意識中，和彩女在一起的快樂時光，猶如走馬燈般在她的腦中閃現。

「妳這傢伙，在談愛吧？」

「非也！」

「殿下喜歡七瀨，是不？」

「非也非也，為何？」

「看就知道了。」

「非也。」

「殿下的事，在下無所不知。」

「竟然。」

「既然如此，下個月的情人節，送甜點如何？」

「甜點嗎？」

「畢業典禮就在眼前，情人節乃最後時機，錯過這次就無處下手了。」

「唔唔。」

「會上不同的大學喔？汝為何煩惱？」

「唔唔。」

「加油吧！」

彩女笑著說。

——要是我也跟妳一樣可愛的話……

她完全沒有察覺到彩女的心情，反而在內心暗自羨慕。

「這次好像是三班的朝倉告白了吧？」

偶爾聽到的八卦讓她心理不平衡，這也是事實。

——七瀨會不會？

她心中湧起不安。

「但是，朝倉好像也被甩了。」

「又甩了？」

彩女一直沒有交男朋友。

——為什麼？因為她很挑剔嗎？

七瀨在看彩女。

——難道七瀨也喜歡她？

自己喜歡的男生總是在看彩女。

——我不是彩女，我不像彩女那樣可愛。

羨慕變成了嫉妒。

——雖然是朋友，但真是討厭的女人。

內心逐漸黑化。

「七瀨隼人好像跟彩女告白，被甩了。」

當七瀨被甩之後，我就沒辦法繼續喜歡他了，因為實在無法假裝七瀨從未喜歡過彩女。

「我喜歡的是彩女。」

中學時，男生跟我說的話一直在腦中徘徊不去。

同樣的事不斷地一再發生，只要跟彩女在一起，就必須面對自己最污穢的感情。

——要是彩女不在就好了。

彩女並沒有錯。

上了大學，彩女仍舊用武士語跟她說話。

「已經不是高中生了，不要再這樣說話了吧？」

我單方面放開了手。

我知道，只是嫉妒而已。

連彩女最後的聯絡都沒有回。

想見她一面說清楚。

彩女一定在等我。

一直在那家不可思議的咖啡店……

紬彷彿大夢初醒般，慢慢睜開眼睛，眼前是跟倒咖啡之前一模一樣的店內景象。天花板上懸掛的罩燈，牆邊有三座古老的大落地鐘，天花板上緩緩轉動的吊扇。

剛才倒咖啡的數並不在，櫃臺後面有一雙骨碌碌大眼睛的女服務生正看

著紬。那是時田計，她穿著米色上衣，繫著酒紅色的圍裙。

「啊！」

「歡迎光臨。」

與面無表情很少說話的數不同，表情豐富的計開朗地對紬笑著，眼神閃閃發亮，像是在說：等妳好久了！

「啊！那個……」

「她在外面打電話，這裡沒訊號。」

計說著，朝天花板指了指。

這家咖啡店位於地下，她的意思是——妳等的人在上面。

來到這家咖啡店時常有這種經驗。

「這，這樣啊！」

計的反應卻讓紬倍感困惑，因為她的態度像是早就知道紬是從未來過來的一樣。

「要去叫她嗎？」

「啊！不用，沒關係。」

紬下意識地如此回應，立刻就後悔了。如果不是回到過去的話，她可以慢慢等彩女回來，現在不一樣了，她有時間限制。

紬必須在咖啡冷掉之前喝完。她伸手摸了摸咖啡杯，發現還很溫暖，但已經不熱了，甚至比想像中要溫，是可以一口氣喝完的溫度。

——怎麼辦？還是把她叫回來吧……

「汝等是否起了齟齬？」

計條地這樣對紬說道。

紬聞言猛然抬起頭，被人看出她跟彩女吵架讓她驚詫萬分。

「已經不是高中生了，不要再這樣了吧？」

更扎心的是那古老的說話方式。

——要是彩女不回來呢？

紬突然不安起來，想收回剛才說的話。

「那，那個……」

「吾去叫那位殿下。」

眼神剛一交會，紬還來不及說什麼，計就朝入口奔去。

「那，那個……」

喀啦哐噹——

「不好意思。」

這家咖啡店的店主時田流，從廚房出來說道。

流身高將近兩公尺，穿著廚師服裝，他瞇著像線一樣細長的黑眸，替計的擅自行動而道歉。

「我太太知道有時間限制，所以想快點讓那位小姐跟您見面。」

「讓那位小姐跟您見面」，這句話讓紬有些不安。

——不是讓我跟她見面？

雖然這只有非常細微的差別，但要是流說得沒錯，那計的態度是比較偏向彩女的。

「那位小姐已經等了妳五個小時了……」

紬的想法可能都表現在臉上，流立刻補充道。

「哎？」

「我太太的個性就是那樣，所以一直跟她聊天，只是那位小姐一次也沒有露出過笑容。」

紬聽著流所說的話，內心十分難受。

——我讓彩女等了五小時。

「這樣的話，您卻從未來過來了。知道有許多麻煩的規矩，還有沒把咖啡喝完的風險，即便如此還是從過去來了，那一定是有理由的。可能是您

後悔今天沒來這家咖啡店，是吧？」

流繼續說著。

「……是的。」

紬深吸了一口氣，望向店內的落地鐘。

高中時，她聽說店內的三座大落地鐘只有正中央的那座顯示正確的時間，現在正中央的鐘顯示下午四點。

——彩女一定會待到關店為止。

光是想像一下，自己的忘恩負義之舉就讓人感到憤怒。

現在回想起來，那都只是微不足道的小事，為什麼要把彩女逼到絕境呢？她真的非常後悔。

「坐在那個位子上的人，大家都是這麼想的……」

流彷彿猜到紬內心的想法，靜靜地說。

紬覺得他一定見過很多因為後悔而來這裡的人。

——不是只有我。

這個事實支撐著消沉的紬。

「會很長嗎？」

「哎？」

「要跟她說的話。」

流並不是詢問話的內容，只是關心兩人需要多久時間談話。理由只有一個，那就是有咖啡冷掉這個時間限制。

——會怎麼樣呢？

即使是微不足道的理由，修復關係是需要時間的。無法接受對方的主張，僵持多年是常有的事。

人心就是如此複雜，無法單純化。

要是本來就相信對方，那背叛會更使人憤怒難過，無法忍受。單方面道歉就能結束，還是會讓對方更不悅，或許對方會發洩一頓不滿就結束了也

未可知。

——但是……

紬完全無法想像，一旦崩壞的關係，她並不覺得能夠在一杯咖啡冷掉之前就修復完成。

「我不知道。」

她老實地說道。

「是吧？我明白了，那我放這個進去。」

流應該是料想到這個答案，只見他拿了一根像是牙籤的東西走到紬旁邊。事實上，那並不是牙籤，只是流的手太大了，一眼看去像是牙籤而已，實際上是一根銀色的金屬棒。

「這是什麼？」

「把這個放進咖啡杯裡，在咖啡冷掉之前警鈴會響，響的時候一定要立刻把咖啡喝完。」

「警鈴？」

「是的。」

流把金屬棒放進紬眼前斟滿的咖啡杯裡。一離開流的手，咖啡杯裡的金屬棒看起來跟小湯匙差不多。

「要是咖啡冷掉後沒喝完會發生什麼事，妳知道吧？」

這條規矩也在高中時跟彩女一起來的時候聽說過了。

——會變成幽靈，一直坐在這張椅子上吧！

當時紬完全不相信，現在真的回到了過去，她開始覺得這所言不假。

——變成幽靈？

一陣寒意竄進她的脊樑。

「妳還好嗎？」

流擔心地看著紬的臉。

「我沒事。」

她抬起頭回應。

喀啦哐噹——

隨著牛鈴的響聲，紬轉頭望向門口。

這家咖啡店拱型入口裡面是一扇大木門，牛鈴就掛在木門上，因此這個時候還無法看見彩女的身影。

儘管還沒見到人，紬的心臟已經快跳出來了，她放在膝上的雙手也不由得緊握成拳。

「已經不是高中生了，不要再這樣了吧？」

上了大學，彩女用武士語跟她說話時，她是這麼回答。

紬想起彩女傷心的表情。

「快，進去、進去。」

計的聲音在拱型入口處響起。

——彩女就在那裡。

紬不禁緊張了起來。

大學二年級時，她收到彩女的聯絡，說會在這家咖啡店等她。

也就是說，在拱型入口處的是，二十歲的彩女。

紬現年二十八歲，老實說，現在見到比自己小八歲的彩女，她比之前更不情願。

理由再清楚不過了。高中時同樣參加游泳社，彩女的皮膚卻白嫩透明，立體的五官不用化妝也令人過目難忘。

——她一定更漂亮了。

紬想見這樣的彩女，又不想見這樣的彩女。

——神真是太不公平了。

紬在鏡子前面無數次這樣喃喃自語。

高中的時候、大學的時候、求職的時候、跟在公司認識的男朋友第一次約會的時候，還有跟男朋友分手的時候。紬望著鏡中的自己，圓臉上浮腫的眼睛、塌鼻子、曬太陽留下的雀斑。

——要是我也跟彩女一樣可愛就好了。

每次看著鏡子柚就會心裡這麼想。

現在她知道了彩女的心情，仍舊有許多疑問。

——彩女真的喜歡我嗎？

當然，人各有所好，喜歡或許並不需要理由。

現在回想起來，她也不知道自己為什麼喜歡七瀨？

——因為我們都是城堡宅嗎？

——要是那樣的話，只要喜歡城堡誰都可以了呀？

她心中湧起扭曲的感情。

——我要是男人的話，一定會跟彩女告白。喜歡城堡，長得又漂

亮，不喜歡她才奇怪。但一定會被甩的，因為彩女不喜歡男人，喜歡我這個女生……

就在此時——

「真乃久違也。」

耳邊傳來彩女的嗓音，而且還跟高中時一樣使用奇特的武士語尾音，非常沉穩亮麗的美聲。

「那個，已經不是高中生了，不要再這樣了吧？」

從那天之後就再也沒聽過彩女的武士語，現下聽到那個聲音，紬的心一下子回到了高中時代。

然而，也只是一瞬間而已。

「……哎？」

當紬看見站在入口前的彩女，立刻被拉回現實。

「彩女？」

「這是什麼表情呀？」

彩女一邊砰砰地敲自己的腦殼，一邊在紬對面的位子上坐下。

——不該看的。

雖然這麼想，但紬的視線卻無法離開彩女的臉，她無法不看。

白晰透明的皮膚，不，蒼白的皮膚和大大的眼睛，除了這兩點之外，對面的彩女跟高中完全不一樣。

綢緞般的黑髮已全部掉光，不只頭髮，袖子裡的手腕也非常細瘦，衣服底下游泳選手特有的肌肉和脂肪也都消失了。

——騙人的吧？

紬的腦中一片空白。

「如何，汝不知曉嗎？」

彩女溫柔地笑道，她表情帶著些許寂寥。

也就是說，彩女從紬的反應明白地看出，那天之後，紬就再也沒有跟自己聯絡過了。

——看不下去了。

儘管耳聞彩女去世的消息，她卻沒有想到會親眼見到彩女變成這樣。

紬很想現下就把咖啡一飲而盡，立刻逃離現場。

「年歲幾何？」

「哎？」

「年紀啊！」

「二、二十八。」

「什麼？二十八？汝跟高中時一般無二吔？」

並沒有這種事，現在她們相差八歲，怎麼想都是紬年紀比較大。

只不過，看著判若兩人的彩女，她不知該如何回答這種外表的問題。

「唔？竟然！」彩女望向紬的手。「已然成婚了嗎？」

「哎？啊……」

紬猛地遮住左手無名指上的戒指，她想起七瀨說的話：「彩女是不是喜歡妳呀？」忖度著見到戒指的彩女，是不是會難過？

——糟糕了！

紬不自然地別開視線不看彩女，把左手放到桌子底下，無意識地用右手拿起咖啡杯。

彩女望著她，小聲「呼」地嘆了一口氣。

「汝為何慌亂？難道妳跟七瀨成婚了？」

「啥？斷無可能！」

她不由得也用武士語回答，或許內心覺得可以用武士語遮掩戒指被看見的錯誤。

「哈哈哈——」

紬瞪大眼睛否認，彩女笑出聲來。

紬也不知道自己為何極力否認，忍不住也笑了。

「實話實說，吾至今也不明白七瀨好在何處？」

「當時年幼啊！同學會見到他就這麼覺得了。」

兩人又笑起來。

「汝之夫君乃何等人士？」

「只是個御宅族。」

「這樣啊！」

「比吾還講究歷史。」

「真的？」

「一提到戰國武將就滔滔不絕。」

「最中意誰？」

「真柄直隆*。」

*注：真柄直隆（一五三六—一五七〇年）日本戰國時代武將，朝倉家中武勇優秀的家臣，乘騎深黑色的馬，舞動著越前刀匠千代鶴所製作五尺三寸（約一七五公分）的大太刀「太郎太刀」，在戰鬥中相當狂暴。

「太郎太刀的那位？」

「正是。」

「不錯的御宅族喔！」

「此言不虛。」

兩人說完，又笑了起來。

紬發現自己好像被彩女帶著也講起武士語來，覺得這樣挺好的，而且想就這麼說下去。

然而，她忘了一件重要的事……

嗶嗶嗶嗶——嗶嗶嗶嗶——

在咖啡冷掉之前會響起的警鈴響了。

「啊！」

紬臉上的笑容瞬間消失了。

——我什麼話都沒說吔！再等一下！

她望向櫃臺後的流和計求助，計只垂著眼瞼，流則帶著歉意慢慢搖頭。

「怎麼這樣……」

紬簡直要哭出來了，但坐在她對面的彩女，依舊微微地笑著。

——哎？

高中時她跟彩女一起聽說了這家咖啡店的規矩，不過警鈴是剛剛流才告訴她的，彩女應該不知道。

「啊！彩女，其實……」

「吾知曉，沒有時間了吧？」

「我，我……」

紬明白自己必須道歉，卻不知該怎麼說出口，同時也覺得就算道歉了又能如何呢？

嗶嗶嗶嗶——嗶嗶嗶嗶——

時間不等人，櫃臺後的計擔心地望向這邊，顯然情況已經迫在眉睫。

要是自己不喝咖啡的話，計可能會把咖啡灌進她喉嚨裡也說不定。紬腦中不由得浮現這幅畫面。

——不喝不行了。

紬把手放在咖啡杯上。

——不能就這樣回去！

她沒有拿起杯子。

「快些，喝吧！」

彩女溫柔地催促道。

「汝怎能如此冷靜？」

「要是殿下變成了幽靈，那吾豈不是過意不去？吾來日無多，不要再讓吾難過了。」

彩女說著，哈哈哈地笑起來。

——不要這樣！這樣講的話我豈不是非喝不可了。

「抱歉啊！」

彩女好像看透了紬的內心，她是故意這麼說的。

「真是的！」

紬閉上眼睛，一口氣把咖啡喝完。

「最後這個給妳。」

彩女從背包裡拿出一個綁著緞帶的盒子，放在紬面前。

「這是？」

「巧克力。」

「巧克力？」

「今天是情人節啊！」

從未來過來的紬並不知道，但她依稀記得當年相約見面的日子是二月十四日。

「給我？」

「此乃吾之心意。」

「啊！」

看見耳朵都紅了的彩女，紬才恍然大悟這並非女性友人之間流行的友情巧克力。

「就是如此。」

「但是……」

「吾明白，並不是非怎樣不可，只是想傳達於汝。」

「但在這種時候……」

「若是覺得吾狡詐也無妨，然而吾一直在待此時機，賭上一賭。吾現已再無時間與汝和好了，不是嗎？」

彩女的話讓她無言以對。

紬確實無視了彩女的邀約，一直到二十八歲都沒跟彩女聯絡。

「在這家店裡可以一直等，吾相信吾若死去，未來的汝或能來此咖啡店

一唔。」

「為什麼，為什麼不早點……」

「因為吾知曉就算說了汝也不會接受。」

「可是……」

「汝連將巧克力交與七瀨都辦不到，應無資格指謫吾也。」

「那跟這……」

「是一樣的。」

「哎？」

「心意被拒是同樣難受的。」彩女哀傷地喃喃道：「無法傳達心意而死去，更加難受。」

彩女皺起臉來，不，她是設法想露出笑容。

或許是明白紬無法回應而刻意小聲地說，紬卻清楚地聽見了。

「啊！」

紬的身體已變成了熱氣飄浮在空中。

「等，等一下！」

她反抗似地朝彩女伸出手，但連手也已經不成形了。

變成熱氣的紬被吸進了天花板。

「彩女！」

「永別了。」

「彩女！」

「安心吧！吾不期待三月白色情人節的回禮。」

彩女滿面笑容，半是玩笑半是認真地朝飄向天花板的紬說道，大顆的淚水已從她眼中滾落。

「彩女，彩……」

紬的身體已經完全消失，只留下微微的尾音迴盪。

「……女」

驀然，紬坐的位子上變成了穿著白色洋裝的女子。

「她走了。」

彩女望著天花板，紬已經消失無蹤。

「紬……」

彩女肩膀震動，用雙手掩住面孔。

計連忙抱住好像要跌倒的彩女。

「妳很努力了。」

彩女在計的溫暖的胸前放聲大哭。

「紬就在這扇門裡面吧？」

彩女站在地下二樓咖啡店的大木門前面，詢問站在背後的計。

這時的彩女為了遮掩掉得稀稀落落的頭髮，戴了一頂半長的假髮。

「是沒錯……」

計看著彩女呼吸急促，拖著虛弱的身體急忙衝下台階。

「妳還好嗎？」

計關心地問道。

「我沒事。」

彩女把手放在胸口，調整呼吸。

「我對她一見鍾情。」

她有點不好意思地喃喃自語。

「轉校第一天，看見坐在教室最後面的紬，我就愛上她了，我喜歡的可愛之處紬全都有。」

彩女慢慢地把手放在門把上。

「從那一天開始，我眼裡就只有紬。為了吸引她的注意，我裝成城堡

宅。第一次跟她說話時，心臟都要破裂了，那是最幸福的時候。七瀨跟我告白……我就有不好的預感，原來在中學時我就讓她經歷了同樣的痛苦。」

紬被甩的時候沒有讓彩女知道理由，但彩女卻十分清楚。

「我一直後悔為什麼不早點告訴她。要是在紬戀愛的第二年情人節跟她告白的話……當然，她不會接受我的。這樣一來，跟紬的關係可能會變得很尷尬，但她可能就不會因為那些男生而受傷了。所以我想跟她道歉，因為我讓她有了不好的經歷。真的很對不起！」

彩女握緊門把，就在要開門的那一刻——

「不是這樣的喔！」

計叫住彩女，她明顯不贊同彩女的話和作法。

「不是這樣？什麼不是這樣？」

計的話讓彩女很是驚訝，她睜大了眼眸回過頭來。

「要是當年妳告白的話，那就僅止於一見鍾情了，不是嗎？正因為妳沒有告白，所以跟她才有了這許多美好的回憶啊！」

「回憶？」

「是的。要是告白的話，她或許就不會因為那些男生而難過，但是妳們可能就什麼回憶也不剩了。她沒有，妳也沒有。」

「紬也一樣？」

「當然。要不然她怎麼會不顧這麼多麻煩的規矩，也要來這家咖啡店見妳呢？不是這樣嗎？」

「啊！」

「無論是快樂，還是痛苦，都是美好的回憶。」

聽到計這麼說，彩女的眼眶滑落下大顆的淚水。

「沒時間哭了，她在等妳呢！」

「好的。」

彩女擦拭淚濕的面頰，把戴在頭上的半長假髮拿了下來。

「非常感謝妳，我差點在最後的最後又要做出後悔的事了。我要讓她看見現在全部的我，以及我的心意，還有那天沒能交給她的……」

彩女從背包裡拿出一個小盒子，大紅色的盒子繫著金色緞帶，她在上面夾了一張卡片。

「我想把這個給她。」

彩女說著，用力推開咖啡店的大門，走了進去。

紬彷彿大夢初醒般慢慢恢復了意識，彩女此時已不在她面前了。

她環顧店內，在櫃臺後面看著紬的不是計，而是換成了數。跟剛剛就要哭出來的計不一樣，數臉上沒有什麼表情，只是冷靜地旁觀著一切。

——搞不好是做夢。

她想要說服自己這一切只是一場夢，但手上綁著緞帶小盒子讓她無法自欺欺人。

紬發現自己淚流滿面。

「讓開。」

她抬起頭，從洗手間回來的白衣女子已站在她面前。

「啊！對，對不起！」

紬說著，急忙站起來。

白衣女子將身體滑進桌椅之間。

紬在隔壁的桌位坐了下來，把彩女交給她的緞帶小盒放在桌上，取出手帕擦拭淚濕的面頰。

「怎麼樣？」

坐在櫃臺位子上的平井問道。

聽見平井的慰問，紬再度流下眼淚，仍舊背對著平井。

「什麼也沒有做。」

她如此回答。

——結果，連道歉也沒有。

為了些許小事鬧彆扭。要是彩女在這家咖啡店等她時她就去了，或許可以早點知道彩女生病的事，這樣就不會經歷剛才那麼悲傷的分離了。只要自己不鬧彆扭，或許還能跟彩女一起度過最後的幾個月。

她越想越後悔，眼淚是無法原諒自己的後悔之淚。

「但妳不是去見她了嗎？」

平井在紬背後溫柔地說。

「我……」

紬看著彩女交給她的緞帶小盒，面帶苦澀。

彩女在最後的最後對紬坦白了自己的心意。突然的告白也讓紬困惑，手

足無措，她並不想拒絕，但也不知道該怎麼應對。

紬的態度剛才彩女一定也感覺到了，她反而又傷害了彩女。

「要是無論如何也不能改變現實，那不去見她或許比較好。」

紬的話猶如鉛一般沈重。

「或許吧！但是，」平井頓了一下，在櫃臺位子上點了一根菸後，輕聲道：「即使妳的現實沒有改變，但她的心情改變了，不是嗎？」

「哎？」

「她不是說一直在等妳嗎？」

紬沒有說「是」，只盯著綁著緞帶的盒子。

「那麼，妳覺得她沒有見到妳比較幸福，還是見到妳比較幸福？」

「沒有見到我，跟見到了我……」

平井用眼神示意「接下來妳自己想吧」，她慢慢地抽著菸。

——彩女的心情？

仔細想想，這兩者確實完全不一樣。

彩女自己曾說：「無法傳達心意而死去，更加難受。」

紬朝彩女給她的緞帶小盒子伸出手，裡面是彩女親手做的巧克力，而盒子和緞帶之間夾著一張卡片。

「啊！」

她不由得叫出聲，因為卡片上寫著短短的幾句話——

伊藤紬小姐，我喜歡妳。

請跟我交往吧！

二〇〇四年二月十四日 松原彩女

紬的肩膀劇烈地顫動。

這張卡片是彩女跟紬因為「城堡」的話題變成好朋友前的那年，從日期

也能看出是在她們用武士語交談前許久寫的。

彩女自從認識紬之後，從來沒有表達過心意。

現在，這份心意終於……

「彩女……」

紬的嗚咽在店內迴響，並沒有人責怪哭泣的紬。

數繼續工作，白衣女子靜靜地看書。

「阿數，可以幫我咖啡續杯嗎？」平井呼出一口煙，靜靜地看著煙裊裊升起，接著說：「順便，也幫她續杯。」

「知道了。」

當平井跟紬一起啜飲數倒的咖啡時，咖啡已經完全冷掉了。

（全書完）

【給台灣讀者的作者後記】

致台灣的各位讀者：

大家好，我是《在咖啡冷掉之前》的作者川口俊和。

目前這本小說已被翻譯成四十一國語言，整個系列銷售量累計超過四百萬本，成了熱門暢銷書。

而這次第五部《在忘卻溫柔之前》，全球第一個翻譯出版的，就是台灣。真是又驚又喜！我所撰寫的小說，受到台灣讀者們的喜愛和期待，我真切地感受到了這一點，真的非常高興。

咖啡系列原定要在第三部《在回憶消逝之前》就打算完結的。

然而，全球經歷了新冠肺炎導致的疫情衝擊，特別是在封鎖和隔離的情

況下，有許多人經歷了無法跟重要的人說「再見」。這種令人心痛的人生最大悲劇。我就有一位友人，因無法參加敬愛的祖父的葬禮而傷心至今。

在這種情況下，《在咖啡冷掉之前》和《在謊言拆穿之前》之間的七年，以及《在謊言拆穿之前》和《在回憶消逝之前》之間的七年空白時間裡，我思忖著應該還有必須寫出來的故事吧！

於是，我撰寫了第四本《在說出再見之前》，這是為了沒來得及說「再見」的朋友們所寫的。

此外，我在《在咖啡冷掉之前》留下來結語伏筆，「只要有心，無論多麼艱難的現實，都可以克服。」正如這句話，我創作了第五本《在忘卻溫柔之前》，獻給熬過了疫情和悲傷，踏出新的一步的各位。

在此之前，我也曾經面臨人生的悲苦困頓，而覺得難以向前邁進，每次都受到家人朋友、前輩晚輩、業界同行的「溫柔」鼓勵，得以度過難關。

因此，請不要忘記有人會因為你的「溫柔」而獲得救贖。衷心希望這次的故事能夠成為台灣讀者們的家人朋友、前輩和晚輩等的心靈慰藉。若是能如此，就真是太好了。

我也總是受到台灣讀者們「溫柔」的鼓勵。

非常感謝，非常感謝，真的非常感謝！打心底感謝大家！

川口俊和

在忘卻溫柔之前【在咖啡冷掉之前5】

作　　者　川口俊和
Toshikazu Kawaguchi
譯　　者　丁世佳 Lorraine Ting

企劃編輯　許世璇 Kylie Hsu
責任行銷　鄧雅云 Elsa Deng
裝幀設計　許晉維 Rita Chiang
內文構成　譚思敏 Emma Tan
校　　對　葉怡慧 Carol Yeh

發 行 人　林隆奮 Frank Lin
社　　長　蘇國林 Green Su

總 編 輯　葉怡慧 Carol Yeh
日文主編　許世璇 Kylie Hsu
行銷主任　朱韻淑 Vina Ju
業務處長　吳宗庭 Tim Wu
業務主任　蘇倍生 Benson Su
業務專員　鍾依娟 Irina Chung
業務秘書　陳曉琪 Angel Chen
　　　　　莊皓雯 Gia Chuang

發行公司　悅知文化 精誠資訊股份有限公司
　　　　　105台北市松山區復興北路99號12樓
訂購專線　(02) 2719-8811
訂購傳真　(02) 2719-7980
專屬網址　http : //www.delightpress.com.tw
悅知客服　cs@delightpress.com.tw
ISBN：978-626-7406-11-3
建議售價　新台幣360元
初版一刷　2023年12月

國家圖書館出版品預行編目資料

在忘卻溫柔之前 / 川口俊和 著；丁世佳譯.
-- 初版. -- 臺北市：悅知文化 精誠資訊股份有限公司, 2023.12
　面；　公分
譯自：やさしさを忘れぬうちに
ISBN 978-626-7406-11-3（平裝）
861.57　　111005672

建議分類｜文學小說・翻譯文學